林文寶　編著

張晏瑞　主編

林文寶兒童文學
著作集

第四輯　其他編

第六冊
臺灣 (1945-1998)
兒童文學100

臺灣(1945-1998)兒童文學100

計畫主持人　林文寶

張晏瑞　主編

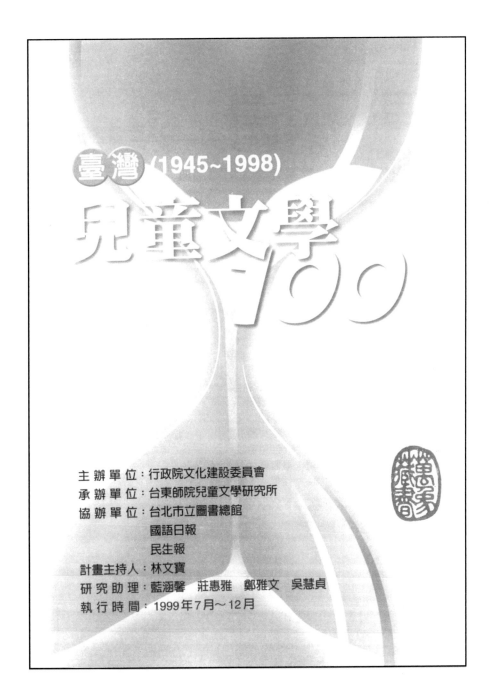

臺灣 (1945~1998)
兒童文學
100

主辦單位：行政院文化建設委員會
承辦單位：台東師院兒童文學研究所
協辦單位：台北市立圖書總館
　　　　　國語日報
　　　　　民生報
計畫主持人：林文寶
研究助理：藍涵馨　莊惠雅　鄭雅文　吳慧貞
執行時間：1999年7月～12月

《臺灣（1945－1998）兒童文學》原版書影

國家圖書館出版品預行編目資料

臺灣(1945-1998) 兒童文學100／林文寶主編
初版--臺北市；文建會，2000〔民89〕
面；公分
ISBN 957-02-5647-8（平裝）
1.兒童讀物一目錄　2.推薦目錄
012.3　　　　　　　　　　　89002943

臺灣 (1945～1998) 兒童文學 100

發 行 者／林澄枝
主　　編／林文寶
攝　　影／吳聲淼
設　　計／宋佩融
出 版 者／行政院文化建設委員會
　　　　　台北市愛國東路102號
電　　話：(02)23434000
承 辦 者／國立台東師院兒童文學研究所
　　　　　台東市中華路1段684號
　　　　　電話：(089)318855
　　　　　劃撥帳號：06648301
　　　　　戶名：台東師院兒童文學研究所
承 印 者／漢大印刷股份有限公司
　　　　　板橋市中山路二段465巷81號
　　　　　電　　話：(02)2955-5282
　　　　　2000年3月初版

《臺灣（1945—1998）兒童文學》原版版權頁

臺灣 (1945~1998) 兒童文學 100

主 辦 單 位：行政院文化建設委員會
承 辦 單 位：台東師院兒童文學研究所
協 辦 單 位：台北市立圖書總館
　　　　　　國語日報
　　　　　　民生報
計畫主持人：林文寶
研 究 助 理：藍涵馨　莊惠雅　鄭雅文　吳慧貞
執 行 時 間：1999年7月～12月

目錄

序

　　由文建會主辦、台東師範學院兒童文學研究所承辦的「台灣兒童文學一百」評選活動，自去(八十八)年七月至十二月，半年來經兒童文學界、兒童圖書館界相關從業人員的票選與評審，已決選出一九四五年至一九九八年共一百零二本台灣兒童文學優良作品。這裡所謂台灣兒童文學作品，係指創作地域及其精神內涵及於台灣的兒童文學作品；所選出來的優良書籍，堪可謂通過時代的淘鍊，顯現出其不可磨滅的文學價值。

　　在早期台灣經濟尚未發達時期，鮮少有人注重兒童文學，政府部門的推動，成為兒童文學發展的基礎。但隨著七十年代，台灣經濟起飛，物資發達，家中孩子的數量減少，愈來愈多作家開始注重兒童市場，兒童文學在政府與民間的共同關懷與支持下，不少外國譯作與本土創作相繼產生，家長有較多選擇讀物的機會，兒童出版市場也逐年蓬勃發展。為針對兒童文學發展作一歷史回顧，乃有「台灣兒童文學一百」名單的產生，以建構五十多年來的兒童文學發展脈絡，有心寫史者，也可依此發展出兒童文學史綱，為台灣兒童文學作見證、立指標。

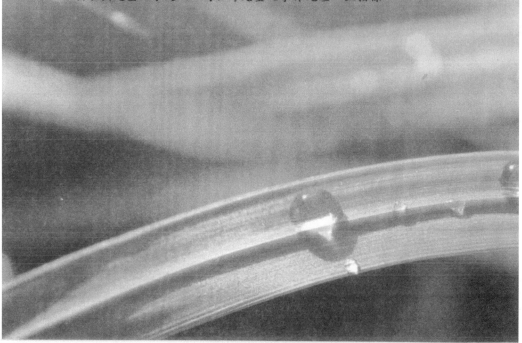

　　經由此次評選活動，我們彙整了一九四五年以後的各種兒童文學類書籍，共有兩千四百餘冊，這是兒童文學界的一大重要資料整理工作，在這兩千多冊書籍中，經由評審評選出一百零二本優良作品，我們精心聘請相關人士撰寫導讀指南，於今(八十九)年春假將召開研討會，除了檢視、評介以前的兒童文學作品，也希望能為未來跨國界、跨文化的兒童文學提出發展的方向，為國家未來的人才進行培育、播種、灌溉的工作。

　　「台灣兒童文學一百(一九四五～一九九八)」的出版，要感謝台東師範學院及所有參與人員的協助，期望在大家的共同努力下，台灣兒童文學能有更光明的未來。

林澄枝

緣起與態度

　　台灣兒童文學一百的評選活動，總算告一個段落。個人試將其緣起、意義、目的與態度說明如下：

　　本所自起成之以來，在發展方面首重兒童文學史料的整理，且以台灣本土地區爲優先。亦即是以「本土策略，全球表現」。而個人亦長期致力於史料文獻之收集與整理，且有以「台灣地區兒童文學史料的整理與撰寫」爲題的研究計畫。

　　台灣地區爲學童推介優良課外讀物始於1982的行政院新聞局，所謂《行政院新聞局第一次推介中小學生優良課外讀物清冊》是也（1982・11），爾後有「好書大家讀」、中國時報年度「開卷」最佳童書、聯合報年度「讀書人」最佳童書、新聞局「小太陽獎」等活動。活動雖多，要皆以兒童讀物爲涵蓋，既乏判準，亦無本土性與主體性可言；更無認同之自覺。在全球化與區域性的弔詭中，台灣地區自1960年代末期，已有愈來愈多的作家學者對另一種殖民——新殖民主義，尤其是美國好來塢文化與其商品侵略——開始注意。針對新舊殖民經驗，如何界定自己的本土文化，珍視傳統文化再生的契機及其不同之處，便成刻不容緩的課題。

　　近年來，文建會曾策畫主辦過「台灣現代詩史研討會」、「台灣現代小說史研討會」、「台灣文學經典名著評選暨研討會」，進一步能爲台灣地區1945年以來兒童文學評選名著100本暨研討會，其意義與目的：

　　1.是重視兒童與迎接2000年兒童閱讀年的實際行動。

　　2.為兒童閱讀年提供本土的優良兒童文學作品。

　　3.在新世紀之初，期待由此100名著之研討，為有心寫史者，建構出一部包含：故事、童話、小說、寓言、民間故事（含神話、傳說）、兒歌、兒童詩、兒童戲劇、散文、繪本的台灣兒童文學史大綱。

　　而本所承辦這次活動，更是誠惶誠恐，我們知道臺灣地區的兒童文學發展一向十分緩慢。近十年來，由於社會經濟好轉，家長購買力強，寫作人口日增，兒童文學已逐漸起色。在邁入二十一世紀之際，選出自1945年以來至1998年之間的兒童文學的優秀作品，可彌補臺灣文學史的部分遺憾。

　　所謂台灣地區，除指創作地域之外，亦兼指其精神與內涵。是以台

灣兒童文學100的評選，是以文學性讀物爲主，其訴求主題是：歷史的、本土的、創作的。我們相信自1945年以來，有許多人堅持爲台灣兒童創作；在世紀交會的今天，讓我們循著先行著的腳步，尋找你我共同的記憶。

這次活動票選人員包括臺灣地區現行兒童文學民間團體會員、圖書館相關從業人員、教授兒童文學課程者，合計約一千二百五十人，回收有四百。票選文類共分故事、童話、小說、繪本、散文、兒歌、兒童詩、兒童戲劇、寓言、民間故事十類。

票選活動是由承辦單位提供約二千本的候選書目，而票選的原則是以歷史發展爲經，作家與作品爲緯，且就熟悉及閱讀過的兒童文學作品進行圈選，每種類型以不超過十本爲原則。（如有遺漏、且覺得可以入選的作品，填寫於表格之「其他欄」上，以利評選工作之順利進行。若有任何意見，亦請不吝賜教。）然後再由諮詢委員、評選委員共同就初選結果，逐本討論，依據量質不同，世代性（10年爲一個世代）、時代性，與同一世代、同一作者以一本等爲原則，合計選出102本。

在評選活動過程中，有建議，有鼓勵，有質疑，也有批評。在評選會議中亦有爭議。所謂的批評或爭議皆是爲兒童文學，更是爲關懷本土，了解自己的起點。

在評選活動過程中，讓我們體認到台灣地區兒童文學史料的貧乏與不受重視，無論收集與整理皆乏善可陳，所謂「候選書目」，眞是費了九牛二虎之力。所謂：一個國家兒童讀物出版與類別的多寡，以及讀物品質的高低，正反應出該國的經濟發展情形，以及文化與技術的進步程度。同時，更是該國文化素與國民教育的指標。壯哉斯言，經濟富裕的台灣，何時能走向根植本土的自主文化，進而重視兒童文學，這是我們的呼籲與期盼。

評選書目，擬由評選委員或兒文所學生撰寫推薦理由，編印成冊，作爲本土兒童文學的好書指南。2000年三月底（24~26）將於台北市立圖書總館舉行學術研討會，分類討論兒童文學的未來走向。

雖然，評選書目或許不盡理想，但是我們的態度與過程是誠懇與可信任的。我們心存惜福與感謝。從參與票選到文建會，都是我們感謝的對象。我們珍惜這次的活動，我們愉悅，因爲我們又做了該做的事。

林文寶

兒童故事組 評選說明

　　要從五十年來本土創作兒童故事知見目錄119種之中，選出8本為代表，有許多困難。五十年來，只有119種書籍見世嗎？造成錯覺的主因，在於圖書分類方法的衍化，早期所謂的兒童故事書，包含以插圖為主的圖畫故事書，富有魔幻情境的童話，改寫的歷史、地理、愛國、神話、民俗、寓言故事等等，以及描述生活寫實或幻想世界的少年小說，大大小小都統合在一起。現在，圖畫故事書、童話、小說已蔚為大宗，即連寓言、民間故事，也因應時代的腳步而獨立成家。留在『兒童故事』老家的，只剩下部分的民間、歷史、名人等故事改寫，和以孩童生活為題材、散文敘述為筆調的作品。話雖如此，在集結兒童故事『成員』的時候，還是有些活蹦亂跳的『小伙子』喜歡插隊、脫隊或者甚至走失了。要清楚算出留在家中的成員數目，還真不容易呢。

　　本組經由讀者投票的結果，參酌具有時代特性，曾經引起閱讀風潮的作品，在8個『名額』的限制下，選出以下具有代表性的作品。

　　首先是《七百字故事》，由國語日報社在民國五十二年出版。由林良主編，邀集國內資深的編輯作家們創作。原作先刊登於報上，受到版面影響，有字數上的限制。而這種限制，正好將古今中外各種故事，改寫成一致的文體類型，有助於讀者閱讀與學習。對提振文學教育的目的，有直接的幫助。稍後，國語日報又推出《五百字故事》、《三百字故事》，提供長短不同的文章篇幅，使故事的寫作，以及讀者的閱讀，有更多選擇的機會。

　　其次為吳涵碧的《吳姊姊講歷史故事》，原作先在中華日報上連載，爾後集結成十二冊，六十七年出版。八十年起仍有續作，書交皇冠文學出版公司出版。至八十四年，出版已達四十餘集，書名前冠『全新』字樣，加附注音。此書以時代為經，人物描述為緯，兼及文學的介紹、野史的比較，是一本能夠輕鬆閱讀，又能增加知識的書籍。此書出版之際，跨越了『認識傳統歷史文化』與『增強家庭親密關係與社會人際互動』的兩個階段，卻都能選為閱讀對象，具有很強的代表性。其三是姚孟嘉、奚淞主編，莊展鵬、唐香燕指導寫作，先後聘請李鵑立等四十餘人參與編寫的《中國童話》，由英文漢聲公司在七十年、七十一年間，依照農曆月份排列，共十二冊，三百六十則故事。由於主事者自覺到『將祖先流傳下來的故事，送給中國新生一代的孩童』，也認為仿效德國格林兄弟改編民間文學，可以提昇教育與文化，希望『從民族情感的維繫中奮發求進』。所以特別注意故事改寫的筆觸，以及民間插畫的風調、色澤，來傳遞傳統的文化氣息。

其四是《林海音童話故事集故事篇》，純文學出版社在七十六年出版。林海音先生隨父母移居北京。返台之後，投身於報刊與出版界，從事語文推廣教育，先後寫了許多兒童閱讀的作品，單獨出版。本書則搜羅九篇著作，包含了童年記趣、北京憶景、返台生活等文字。另有《動物篇》，收集五篇有關動物題材的作品，同時出版。

其五為侯文詠的《頑皮故事集》，原作先在中華日報連載，七十九年九歌出版社初次印行，八十二年五月時已刷一百次，爾後改版陸續見世。作者自台北醫學院醫學系畢業，行醫之餘，陸續有大量作品，出版散文集、小說集甚多，皆以輕鬆有趣的筆調，表現人生有情的一面。此書描述『童年我』曾經發生過的生活趣事，卻又以誇張虛構的手法，渲染成篇。他嘗試為『不乖不笨的小朋友寫故事』，這個企圖是成功的。續作《淘氣故事集》，八十一年一月由皇冠出版社出版。次年八月印了三十二刷，再經半年，已達六十三刷，受歡迎的程度，可見一斑。類近這樣的作品與書寫情調，張大春的《野孩子》、《我妹妹》，小野的《春天底下三條蟲》等等，也是頗受讀者歡迎，只是在分類的技巧上，被歸併到少年小說或散文類。

其六為可白的《我有絕招》，小兵出版社八十一年四月初版。同年十月，《續集》出爐。原作先在國語日報安全教育故事專欄中發表，作者模擬孩子可能遭遇意外事件，如何防身或者脫逃傷害，用來提醒社會大眾要注意犯罪手法日日翻新，必須讓孩子們懂得保護自身的安全。此書出版之後，引起社會很大的迴響。畢竟社會環境變了，也該編製和推廣新的安全守則。

其七為王淑芬《新生鮮事多》，小兵出版社八十二年七月初版，至八十七年五月九刷。繼《我有絕招》、《孫媽媽獵狼記》之後，小兵出版社已能『掌握社會動脈』，出版貼近現實生活的書籍，幫助家長和孩子如何增強學習，培養適應環境的能力。王淑芬校園生活系列第一本《新生鮮事多》，因應而生。此書以輕鬆詼諧的筆調，把孩子初入小學時既新鮮又緊張的心情，以及許多唐突趣事，生動活潑的表現出來。讀者可以透過書中描寫，去感受或者回味童年的學習經驗。爾後，作者陸續完成《二年仔孫悟空》、《男生女生ㄅㄟˋ》、《小四的煩惱》、《十一歲意思多》。在這些系列作品中，也藏進了作者對當前教育政策、管理與施行，有所批評與建言。

最後為蔡宜容《石縫裡的信》，小兵出版社八十六年出版。此書包含了十九篇日記，藉著國小剛畢業的主角妞妞寫出了少女情懷。成長中的少女，面臨人生若干抉擇，表現出造作、探索與疑惑的總總情緒反映，連帶也展現了孩子們的友誼與情感世界。由於書中描寫許多生動的人物個性，對故事的安排也有了出奇的情節，超過日記文體常有的情感獨白形式，所以捨散文、小說的分類，而歸併於此，也試圖標舉故事類寫作另一種可能的方式。

以上介紹了入選的八本書，以及相關衍生的續作。作品初版之後，還有很複雜的再版、新刷的過程，一時無法完全掌握，容後再加補正。這八本書雖然不能完全代表五十年來故事類作品的概貌，但經過票選、討論之後所得的結果，至少陳示了在閱讀市場中曾經有過的風華和影響力。

許建崑

七百字故事

編寫者：林良

出版/定價：國語日報社

第一集 1957,9/6 元

第二集 1959,9/3 元

第三集 1963,1/6 元

第一次改新版（三集合訂本）

1987,1/240 元（精裝）

1988,7/180 元（平裝）

這是國語日報早期出版的短篇故事集，1963年出版。它和另兩本短篇故事集《三百字故事》、《五百字故事》，都是早期受歡迎的讀物，也都廣被採用為語文教材，但是論故事性及趣味性，仍以《七百字故事》最高。

全書共收一百三十篇故事，這些故事包羅萬象：從類別來區分，有寓言故事、民間故事、生活故事、歷史故事等等；從來源來區分，有中國的、日本的、美國的、德國的……故事；從創作性質來區分，有原創的、有翻譯的、有改寫的。

在目錄中並未做分類，但編者將全書依故事的主角分類，分為：神仙、人物、鬼怪、動物、職務、無生物六類，編在書後作為索引。這些性質不一的故事，有一個共同的特點，就是簡短易讀－－字數都在七百字左右，而且都非常口語化。

一般編者不容易收集到這麼多每篇字數相同的故事。本書編寫者林良先生，在主編國語日報兒童版期間（1951年到1964年），開闢了「七百字故事」專欄，他規劃版面時，希望讀者讀兒童版時，可以有一個有趣的短篇故事欣賞；另一方面，當時國小學生上「說話課」常苦於沒有說話的素材，他希望這個「七百字故事」專欄也能成為一個故事資料庫，供學童說話課取材。這個專欄既富趣味性、可讀性，在語文學習方面，也是很好的教材，非常實用。1957年、1959年、1963年，國語日報分別出版了《七百字故事》一、二、三集，後來又將三集合而為一，也就是現在看到的版本。

這本書編排方式傳統，但以內容取勝，最大的特色在於各篇故事的文字，都經過提倡「淺語藝術」的編者林良先生費心潤飾，將所有書面文體加以口語化，改成口語文體，讓讀者拿起文章就可以輕鬆流暢的口讀。因為編者費心處理各篇文字，所以本書特別注明是由林良先生「編寫」。也因為如此，這本書一直是成人學習口語化國語，或小學生練習說話的好教材。出版迄今，已經五十餘刷。這些七百字短篇故事，在早期兒童文學創作數量以及發表園地都有限的時空裡，具有重要的影響力。到今天回顧這本書，它內容的豐富多樣、文字的口語化，依然受到肯定。（馮季眉）

臺灣
(1945~1998)
兒童文學一〇〇

吳姊姊講歷史故事

作者：吳涵碧

插畫：劉建志

出版/定價：1978,12,中華日報社 /32k 平裝 60 元

1990,2,中華日報社 /25k 精裝 300 元

1993,6,皇冠文學出版公司 /全新 32k 平裝 120 元

1995,10,皇冠文學出版公司 /全新注音 25k 平裝 150 元

在中國歷史的長河裡，值得認識的人物與史事，多不勝舉。透過說故事的方式，我們整理歷史經驗與事件給孩子們知道，一方面是從中增進兒童對中國歷史的認識與知識，一方面，歷史一直是人生經驗的最佳學習寶庫，其中蘊藏的各朝各代變與不變的價值觀、恆常的人性、歷史人物的人格呈現……，有太多可以說給孩子們聽，並加以討論的。

歷來，向歷史取材來寫故事的，並不在少數。值得探討的問題有二，一是歷史觀與寫法的問題，二是年代揀選與選題的問題。

以何種史觀來處理歷史事件，以何種態度來寫這個題材，關乎故事的正確性與可信度。其他類型的故事可以天馬行空，歷史故事卻與歷史小說不同，應該有所本，根據史實，把它用故事的手法說出，而不能背離史實，以免造成讀者錯誤的認知。因此，為兒童寫歷史故事，除了創作能力之外，也應具備歷史素養才行。有的歷史故事偏向演義寫法，脫離史實；或經大幅改寫，使得歷史原貌失真；都不是理想的處理方式。

另有歷史故事的作者，寫作時信手拈來，朝代、人物、事件，並無順序，雖然也具可讀性，但總有零散之憾，因為歷史畢竟是環環相扣的，是因果相關的。

如何自一朝、一代紛雜的事件之中選題，凝視歷史並尋找出連續中的個別絲縷，建構出可以繫絡全局的序列，切中時代之所以興弊，正是對作者的考驗。

一般歷史故事寫作，面臨的問題大抵為上述二端。《吳姊姊講歷史故事》是最富盛名的歷史故事書，它的長處與特色，也就在於勤於考證，忠於史實；一朝一代歷歷細數；選題及處理事件，抽絲剝繭，化繁為簡。作者吳涵碧毅力驚人，有系統的自「黃帝大戰蚩尤」寫起，歷二十餘年，目前已寫到明朝。

《吳姊姊講歷史故事》是中華日報兒童版的專欄，每週一篇，一年出版一本，每本收錄五十個故事，已累積二十餘本。這一系列歷史故事，讀者自成人、中學生到兒童都有，可說達到普及歷史知識的功效，讀者除了看到歷史中的政治之外，也看到一個個「人」的故事。正如彭歌先生的評語：「這些人的故事，人的真情，構成為民族的大傳統、大道義。使年輕人懂得這些道理，比單單記得一大堆人名、地名、年代、事件要重要得多。」這些特色，都是《吳姊姊講歷史故事》值得稱道之處。（馮季眉）

臺灣 (1945～1998) 兒童文學一〇〇

中國童話

作者：漢聲雜誌社

出版／定價： 1982,12,英文漢聲出版有限公司／342元

《春，一月的故事》）至

1983,12,每月出版一冊,總計十二冊

除了大量翻印自歐美日本的兒童書籍以外，哪裡可以找到圖文並茂的本國讀物？這是漢聲《中國童話》出版前所面臨客觀事實。德國格林兄弟採擷民間故事編成二百八十多則的童話全集，使兒童從小受到文化啟蒙，維繫了堅實的民族情感。而俄國大文豪托爾斯泰，不顧世人的嘲諷，親身為幼童編寫啟蒙讀物，也是了解了為兒童提供藝文教育的重要性。本書主要策劃人奚淞、唐香燕等人，認同格林與托爾斯泰的努力，所以要『收集中國民間傳說與歷史故事，在不失去原有主題和趣味的狀態下，改寫後成為完整的故事，又能通過現代人價值觀念的考驗』，希望能做到『將祖先流傳下來的故事，送給中國新生一代的孩童』。

全書規畫為春夏秋冬四個單元，每個單元包括三個月份的三大冊，每冊各有三十個故事。順著中國農曆的節氣，發展出節令掌故、中國歷史及偉人故事、神話、民間故事等。為了要講求民俗文化的氣氛，特別尋找中國美術中年畫、剪紙、刺繡、壁畫和各種器物藝術，充分揣摩民間常用的圖像與色彩，表現在書中的每幀插畫上。書的樣式採彩色菊版八開，雪銅紙印刷，更能夠凸顯書本的精緻美麗。為了要發揮教學使用的效果，每則故事後加附『給媽媽的話』，幫助家長或老師執行閱讀導引；也曾經發行錄音帶，由魏甦、薇薇夫人等人朗讀，對孩子的語言學習，也有相當正面的幫助。

以現代的觀點來看，這套書不能說沒有毛病，依照農曆月日來安排故事，又得迎合二十四節令。殊不知節令運行與陽曆貼合，如果排列在農曆中，要十九年重合一次，也就是十九年才『正確』一次。其次，農曆有大小月之分，有時候還加上閏月，如何能安排成每月三十篇呢？其三，沿承反對封建觀念，敬重多神，存留著紊亂的民間信仰，未能完全包融人文主義，也未必迎合『現代觀點』。但如果重新退入時光隧道，在當年能夠注意文化的繼承與兒童教育的目的，漢聲出版的這套書，可以說是領導群倫，成為兒童文學出版界的先鋒。（許建崑）

臺灣 (1945～1998) 兒童文學一〇〇

林海音童話集・故事篇

作者：林海音
插畫：梁丹丰、莊因等
出版/定價：1987,6,
純文學出版社 /300元

這是《林海音童話集》中的一本，這本故事篇收錄林海音自1950年到1976年間所寫的九篇故事。九篇故事中，〈遲到〉、〈三盞燈〉、〈駱駝隊來了〉、〈童年樂事〉這四篇，追憶童年往事，字裡行間是濃郁的懷舊情味。〈駱駝隊來了〉這一篇，也就是〈城南舊事〉一書中的〈冬陽.童年.駱駝隊〉，為「英子」眼中的故都風土人情、市井生活及人物揭開序曲。〈哈哈哈〉與〈爸爸的花椒糖〉是悲涼或溫馨的小人物的故事，反映現實生活。〈蔡家老屋〉、〈金橋〉，融街坊軼事及鄉野傳說於生活故事。〈請到我的家鄉來〉是知識故事。各篇雖然性質並不一，但文字一貫俐落明快，也展現林海音特有的敘事語言的魅力與氣氛。

除了寫作表現具原創性及高度文學性之外，這本故事集的另一特色，就是配圖，質的精美、量的豐盛，在非圖畫書的故事類圖書中是罕見的。九篇故事由梁丹丰、莊因、曹俊彥、劉宗銘、喜樂五位知名畫家配圖，大量的插圖多達近六十幅（還包含十幾頁彩圖），單是〈請到我的家鄉來〉這一篇，作者介紹了二十一個國家，梁丹丰便為每一個國家配上一幅素描，可見製作之用心。由曹俊彥配圖的〈金橋〉，以筆觸樸拙、富鄉土美感的墨水畫來表現，具有木刻版畫的效果，且多幅版畫以跨頁呈現，視覺效果令人讚賞。

1987年出版的此書，在編排、配圖方面的表現，至今檢驗，仍為水準以上；尤其林海音說故事的魅力，獨樹一幟，耐人尋味。

「時代是倉促的，已經在破壞中，還有更大的破壞要來。」（張愛玲語）這話令人驚心但也是實情。林海音所經歷的時代、所生活過的故都北平以及早年的台灣，都成了過去；都在變動與破壞中，有了新的變貌。甚至她的語言文字的風格，以及所營造出的氛圍，也不會再有。因為，後起之秀有自己的、新的語言文字的風貌展現。一個時代所擁有過的社會百態、一位作家所經驗過的生活情調，在變動不居的現實生活中已倉促而逝，唯有書中可尋。林氏的文字美學，這本書是一個見證；內容與編製的整體呈現，令愛書人不會忽略了這本書在兒童文學的價值。唯獨當時兒童文學理論觀念尚不普遍，「故事書」總容易被泛稱為「童話」。現在讀者多已有概念——具幻想特質的「童話」不等同於「故事」，也因此這本書的書名雖標示「童話集」，但仍在故事類中脫穎而出。（馮季眉）

臺灣 (1945～1998) 兒童文學一〇〇

頑皮故事集

作者：侯文詠
插圖：豆子
出版/定價：1993,5,健行文化出版有限公司/120元

頑皮搗蛋，企圖在故事中『無傷大雅的惡作劇一番』，是作者侯文詠設定的基調。因為他認為，不管在怎樣偉大的偉人，或者當了什麼長字輩的人，『總有一個頑皮的孩子躲在心裡頭』。所以呢！他要超越中國傳統刻板嚴肅的生活規範，把內在豐富的感情，直接用幽默的手法表現出來。

故事中的我，考試成績不理想，卻是個聰明伶俐、能言善辯、觀察敏銳的孩子。妹妹頗有嫵媚的特質，像小鳥般依偎哥哥，遇到麻煩的事，以哭為上策，通常可以得到寬厚的待遇。戀愛階段的姊姊忙自己的事，哪有心思管管這兩個乳臭未乾的弟妹？結婚二十年、料事如神、一言九鼎的媽媽，搭配上溫良恭儉讓的爸爸，十足典型化的小家庭。在這樣的『基礎』上，當然要『玩』出意想不到的事件，才能夠聳動聽聞。譬如，哥哥陪著哭哭啼啼的妹妹去看牙醫，自誇能以身作則，坐上醫療椅被發現口中蛀牙，結果變成哥哥哭號、妹妹安慰的情景。而姊姊帶男朋友回家，媽媽使出十八般武藝，正面攻擊，旁敲側擊，無所不用其極，還要求爸爸加入審訊團，共同調查；而作爸爸的只關心和未來的女婿棋盤上廝殺，根本沒有進入『狀況』。一家人到伯父家作客，兩個孩子被迫做『才藝表演』，看著桌上的西瓜一片片被吃光，內心可真苦楚！

至於學校中生活，也有相同基調。頑劣的同學莊聰明特多鬼點子，最終還是落入老師的掌中。老師懲治手段非凡，就治不了主角；校長威臨天下，而督學來訪，卻換了一個人樣。在這樣的體制中，會寫作、會講演的孩子可以得到褒揚，頑皮搗蛋、成績低劣的孩子就要受到非理性的折磨。偏偏侯文詠筆下的孩子，同時具有兩端的特性。

確實，作者藉著生活中常見奇幻怪誕的事件，來凸顯現實世界的荒謬不經，也適時反映成人世界常見的愚昧、教條與食古不化。然而他所他創造出天真無邪的孩童角色，依然天真無邪地活在自己的天空下，毫無懼怕。或許這樣健康、勇敢和開朗的心情，能夠帶給不同時代的讀者一個相同的安慰。（許建崑）

臺灣 (1945～1998) 兒童文學一〇〇

我有絕招

作者：可白（柯作青）

插畫：河馬工作室

出版/定價：1992,4,小兵出版社 /180 元

儘管我們的社會日漸富裕，犯罪的手法卻也跟著『日新月異』。如何讓孩子防範於未然，避免受到無謂的侵害，刻不容緩。作者深深體會『安全教育』的重要，透過本書模擬孩子可能遭遇的意外事件，如何防護本身的安全，順利脫離險境，有許多具體而生動的實例。

進入學校，偶爾會遇見有頑劣的孩童，專門欺負矮個子、紮辮子的女孩，或者碰上半路攔截的搶匪。如果教導孩子一些簡易實用的『防身術』，或許能夠拯救自己於萬一。學會擒拿法，平時可以當作健身運動，危險的時候變成保命技術。要學會辨識歹徒，不要因為自己的熱心，變成歹徒做案時的工具。如果真被綁架了，要冷靜，偷偷觀察歹徒形貌，留意蛛絲馬跡，將來可以幫助警察破案。回到家中，發現門鎖被破壞了，要怎麼處理？無聊人士的電話騷擾，要如何應付？居家安全問題，如油鍋起火，電線短路，瓦斯漏氣，或者突發的地震，要如何做出正確的自救動作？書中的建議事項，看似是老生常談，但也常常被我們忽略。譬如，家中電話機旁要貼張『緊急電話號碼表』，以備不時之需，試問有多少家庭這麼做了？如果平時已經準備『地震避難袋』，此次九二一大地震，就可以發生作用。

作者在文中也傳達有許多習而未察的理念。譬如，指出侵害孩子的百分之六十是來自『熟人』，做家長的怎麼可以不留心『周遭環境』？對兒童的不當管教或虐待，也是犯法的行為。孩子抗拒學校不合理的懲罰，看似違反體制，其實可以免除教師無心所造成的傷害。

用故事趣味的手段，淡化血淋淋的社會新聞，讓孩子可以輕鬆自在地學會『安全守則』，懂得機智、應變、防身、自衛，是作者最大的心願。不過，如果沒有父母、師長的參與，防範工作其實只成功了一半！（許建崑）

臺灣 (1945～1998) 兒童文學一〇〇

新生鮮事多

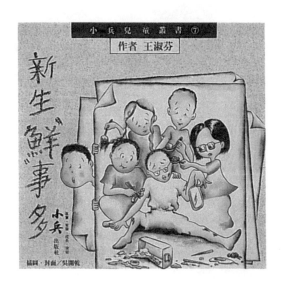

作者：王淑芬

插畫：吳開乾

出版／定價：1993,7,小兵出版社／180元

標榜『真實、智慧、成長、突破』的信念，是此書最直接的訴求重點。作者王淑芬在國民教育第一線上，每年看著家長帶心肝寶貝來入學，對學校生活『充滿期待，又怕受傷害』的情景，有很深的感觸。所以她開始『將心來比心』，執筆寫成『吾家有子初長成，進了小學人未識』的故事。

這本書共包含三十九則故事。小主人翁君偉從幼稚園畢業，得了『言行大方』獎，媽媽卻擔心是愛講話、會搗蛋的『代名詞』，一家三口為入學的事煩惱不已。媽媽在每件上學的『工具』上寫名字，爸爸則叮嚀許多莫名其妙的應變措施，深怕孩子在學校消失不見了，或變成了『異類』。選舉班長，或者當上班級幹部，是媽媽們關心的『話題』；練習如何使用與家中不一樣的馬桶，如何與性別不同的同學相處，才是孩子真正的煩惱。學注音符號、唱國歌、打預防針、帶便當，都是孩子的第一次。為了『資源回收』，繳回瓶瓶罐罐，所以有理由喝更多的汽水。為了校園安全，規定『三人一組』，讓三個同學形影不離，也造成其他的不便。『輸人不輸衆』，要孩子出人頭地，也要趕快加入才藝班！校園風雲，令人緊張，講髒話、打小報告、寫處罰單有之；有了運動會、說故事比賽、寫生比賽，作家長的比學生還在意！

對孩子而言，此書讓他們事先嚐到了『學校生活樂趣』；對家長而言，讓他們重溫『似曾相識』的學校生活；對教育工作者而言，反映了一些積重難改的班級管理方法，以及讓孩子帶錢到校繳交『代辦費』等等事宜，迫使人面臨改革的必要。（許建崑）

臺灣
(1945～1998)
兒童文學一〇〇

● 石縫裡的信

作者：蔡宜容
插畫：蔡宜芳
出版/定價：1997,6,小兵出版社 /200元

兒童和成人是非常不同的。

　　當成人已經對世事習以為常的時候，兒童卻充滿探索自己的欲望、充滿好奇於他人以及整個世界的心思。

　　而對內心探索的欲望、對人世的好奇，正是成長過程中最珍貴的東西。

　　去挖掘、敘寫這樣的過程與這些珍貴的屬於孩子的素質，正是蔡宜容所擅長的。

　　《石縫裡的信》是一個小學剛畢業的女孩－－妞妞的故事。作者透過「妞妞對日記說話」的書寫方式，揭露這個年齡的孩子眼中的世界，包括她所接觸到的人與事，以及她內心的曲曲折折。淡淡的敘事腔調，淡淡的浪漫情懷。

　　全書自妞妞畢業典禮的那一天展開，頗具象徵意義。國小畢業將要進入國中，對孩子而言，是人生的重大階段，是正要跨越童年、進入青少年期的時候，也是思想擺脫幼稚、步入青澀的時候。這個時期的少男少女，特別易感，心思特別敏銳，許多想法與行為，都在此時期萌芽、建立。對作者而言，這樣的成長與變化的過程，正是值得書寫的；而這過程中，一個年輕生命對這個世界的探索、對自己內在的挖掘、自己與成人的對應……，這種種，也正是作者的終極關懷。

　　妞妞這個正要跨越童年的女孩，有好多的好奇，有好多的想法，有好多關心的事，都留著跟最親密的日記分享。每篇故事以「親愛的日記：」作為開頭，妞妞對日記說出她的觀察及感覺。其實，她不是在跟無生命也不會與她對談的日記說話，她是在跟自己對話。十九篇日記，談到圍繞在她生活裡的醫生、司機和同學……。

　　相信每個人都有不知如何與人言說的心事或話語，很多人選擇自我對話的方式，作為抒發。妞妞和其他同齡的孩子，恐怕也多是如此。所以作者選擇這樣的書寫方式，正能恰當的表達這個年齡的特質，也能方便的呈現妞妞生活中不互相關聯的各個場景、人物、事件。而作者成功之處，在於取材生活化，善於觀察紀錄小人物、小事件、小趣味，並且鋪陳出浪漫又溫馨的氣氛。她的筆調一貫清清淡淡，實則蘊含深情。相較於其他熱鬧、趣味有餘但內涵不足的生活故事，本書的風格就顯得特別清新可人。（馮季眉）

臺灣 (1945～1998) 兒童文學一○○

　　「兒童文學100」的評選，在童話部份，經過全國各界初選後，共選出30本童話作品，包括六○年代2本、七○年代6本、八○年代6本，以及九○年代16本。參與童話組的複選委員，有馬景賢先生、陳正治先生以及周惠玲女士，預計複選出15本童話作品。

　　首先，童話組委員發現進入複選的童話中，有很多是合集和選集，高達了8本（套）之多，將近三分之一。這個現象是其他文類所沒有的。由於先前的評選大會時已初步達成共識，儘可能不選合集或選集。本組複選委員經過討論後，決定刪除選集，保留了一開始即以合集形式出版的童話合集。

　　接著，複選委員們確定了幾項評選原則：除了主辦單位所提示的（1）世代（每十年一世代）和時代性分配（2）每一作者在同一世代的作品僅選一本等兩個原則之外，另外並希望評選結果能：（3）照顧到不同的童話類型，以及（4）反映出每一個世代的重要童話作家。

　　就此複選委員根據每本書的初選得票數高低，以及自己心目中的優選書單勾選。經過比對後，首先選出了10本童話作品，包括黃基博等著《玉梅的心》、林良的《小鴨鴨回家》、張水金的《無花城的春天》、黃振輝等《童話列車（一至十五）》、朱秀芳的《齒痕的祕密》、管家琪的《口水龍》、李潼的《水柳村的抱抱樹》、林世仁的《十四個窗口》、張嘉驊的《怪怪書怪怪讀①》、方素珍的《一隻豬在網路上》等。

　　討論的過程中，有評委認為管家琪的《捉拿古奇颱風》其實比《口水龍》表現更為傑出，但因《捉》並未進入複選名單，而《口》不僅進入複選，且為全部童話中得票最高的一本，因此仍保留《口》。林世仁

的《十一個小紅帽》、《十四個窗口》和《高樓上的小捕手》也引起討論。此三書皆進入複選書單中，且初選票數均相當高，但基於同時代同作者的考量，僅能選一本。經過討論後，評委推薦《窗口》。

　　另外，陳正治和周惠玲都認為初選結果其實有相當多的遺珠之憾，陳正治特別推薦早期嚴友梅的《小番鴨》、楊思諶的《五彩筆》、陳相因等著的《小野貓》、林鍾隆的《醜小鴨看家》；馬景賢也推薦林良的《懷念》、夏小玲的《汪小小養鴨子》；周惠玲則推薦孫晴峰的《❤的故事》、劉思源的《妖怪森林》和卜京的《西元 2903 年的一次飛行》。複選評委建議，可以從這九部作品中再選出五本童話來，於是連同前面入選的十部作品，一齊提交大會討論。

　　決選大會時，除了複選出的十本童話得到附議之外，也針童話組評委所建議的書單進行討論。評委們表示林鍾隆的《醜小鴨看家》、嚴友梅的《小番鴨佳佳》都是十分精采且反映早期童話風貌的作品；孫晴峰的《❤的故事》是八〇年代最具成就的童話作品之一；劉思源的《妖怪森林》獨樹一格，而卜京的《西元 2903 年的一次飛行》則表現了九〇年代末童話的開創性，因此都入選「童書 100」中。

　　最後，《玉梅的心》一書，以其合集中有部份作品非為童話，經評委同意後，改以楊思諶的《五彩筆》入選。

周惠玲

五彩筆

作者：楊思諶

插畫：張鏡輝

出版/定價：1966,3,中華日報叢書5版/5元

1983,3,九歌出版社/75元

五彩筆是一本中國式的童話，本書一共有二十篇故事集結而成。題材皆取自中國古籍《太平廣記》中，作者用流暢淺顯的文字，寫成一篇篇令人喜愛不已的故事。作者雖然是改編典籍中的故事，卻注入了新的生命，每篇都有一個值得思考的主題，正所謂「舊瓶裝新酒」，讓人不禁想品嘗一番。這樣的改寫方式替台灣的童話帶來了一個很大的貢獻。

　　這是一本具有純粹中國風味的故事，二十篇的故事中不但融合了中國的歷史、民間傳說、地理、社會風俗，情節的安排也十分精彩動人。除此之外，在每一篇故事裏都佐以插圖，巧妙的插圖也為故事的進行帶來了活潑性。另外值得一提的是，作者在文後往往都會神來一筆的添上確有此一說或確有此事、此人、此地等等的文字，讓人閱讀起來，彷彿穿越了時空隧道，與主人翁共同經歷不可思議之旅，而不只是一個虛構故事而已。

　　「五彩筆」可以畫出人所想要的，人生不也是渴望有一隻五彩筆可以繪出所追求的欲望，人類的許多想像就是來自於本身的欲望，欲望的追求有了偏差就容易走上岐途，如何善用手中那隻五彩筆就看個人的智慧了。這本書中許多觀念都是在講不可太過貪求，否則結局都會帶來不幸，其實人人都可以有一隻五彩筆，但要畫下任何東西時，都要謹慎思考，才能得到人生真正的美麗。

　　作者不僅成功的改寫了古代典籍，為兒童帶來閱讀的喜悅，替當時的童話留下了記錄，也提供了現代童話發展的一個基礎。此書已經過多次的印刷、出版，現更入選為「兒童文學一百本」，相信這是一本曾經陪伴過許多人成長的一本好書。對熟識此書的讀者來說，可以透過新版書找回兒時的美好回憶，對尚未接觸此書的讀者，也是一次探尋具有中國風味童話的好機會。

　　一本好書是經得起時間的考驗，也絕對有愈久愈香的風味。時代會改變，但人類對童話的需求是永遠不會消失的，童話為人們帶來希望，也帶來安慰。所以，這樣的一本好書，你會錯過嗎？（莊惠雅）

臺灣 (1945～1998) 兒童文學一○○

小鴨鴨回家

作者：林良

插畫：陳英武

出版/定價：1966,5,台灣省教育廳/

《小鴨鴨回家》是林良的文字創作，由陳英武先生插畫，配合成為一本類似「圖畫書」體製的作品。這本書是中華兒童叢書系列之一，屬於「文學類」，適於小學二年級的學生閱讀。

本書是以一隻性格特異的小鴨子—名字叫小鴨鴨—為主角，有別於牠懂事的五個哥哥和乖巧的五個弟弟。小鴨鴨是一個不受規範、不循規蹈矩的小鴨子，牠一直被定位為不聽話的孩子，最令牠的母親不放心。一次牠的母親要出門，就十分擔心地叮嚀小鴨鴨要守規矩，但是小鴨鴨把母親的話當耳邊風，在母親不在的期間，牠獨自跑到危險的河邊嬉戲，結果湍急的河水把小鴨鴨沖到了下游去，小鴨鴨一路漂流、打轉著，吃盡了苦頭。最後牠拼命亂划，終於划到了岸邊，卻已經筋疲力盡了。小鴨鴨雖然有些後悔自己不聽話，但因自尊心強，牛爺爺關心慰問牠時，牠也不肯向牛爺爺開口求助；後來牠遇到喜歡惡作劇的狗，還把牠嚇了一大跳；在又餓又累不得已的情況下，居然到了垃圾堆去找東西吃，但卻被大野貓趕走了。可憐的小鴨鴨，最後終於遇到了一個善心的人，給了牠可貴的溫暖，小鴨鴨也終於得以回到母親與兄弟的身邊。

《小鴨鴨回家》之中的文字是以詩的形式發展，故事簡短而有節奏，描述小鴨鴨如何遭遇困難，最後如何獲得解救的過程。這一本書其實旨在告訴小朋友，要做個聽話的好孩子，是有極明顯的教育意義在內。這樣的教育意涵化為一則故事，以小鴨鴨的遭遇說明不聽話孩子的下場，圖畫也能與文字契合，將文字作者想表達的思想畫出來，增加了許多故事的趣味感。「圖畫」在這本書中有很大的輔助作用，由於圖畫的配合，這一種較生硬的故事內容可以藉由角色的表情形態增添趣味。

《小鴨鴨回家》是設計給二年級的小朋友欣賞的，所以故事簡潔單純。作者過於教訓式的主題鋪陳，是本書的小瑕疵。但瑕不掩瑜，在台灣文學史上，本書仍具有階段性的意義。（羅婷以）

臺灣 (1945～1998) 兒童文學一〇〇

● 醜小鴨看家

醜小鴨看家

作者：林鍾隆

出版／定價：1966,8,自印本／15元

林鍾隆是兒童文學的開路先鋒，原先是寫成人文學的他，受了兒童文學界的鼓舞，熱心投入兒童文學的創作，成績輝煌。他最早以《阿輝的心》長篇兒童長篇小說著稱，《醜小鴨看家》是他的第十一本出版著作。

　　林鍾隆提到《醜小鴨看家》是他的第一本「童話選集」，最早的一篇是四十七年七月寫的＜小螞蟻回家了＞，最晚的一篇是五十四年四月寫的＜翁勞先生的白鸛鳥＞。在這十四年當中，作者當然不只創造了這三十五篇，所以嚴格說來，這是他的第一本兒童文學創作選集。

　　《醜小鴨看家》除了收集童話之外，還有小說、故事，甚至還有幾篇寓言。由於作者曾任教職，再加上他「為孩子而創作」的心態，以他在成人文學所練就的功力，使得每一篇作品不但有文字的美感，還能時時讀得到對孩子說的真與善。

　　本書篇幅最長的要算〈美麗的鴨子〉這短篇小說，內容描寫一隻有八個兄弟姐妹的鴨子，也是鴨子群中最美麗的，可是她卻因病成為一隻右腳不能動的跛腳鴨，後來經過一連串和兄弟姐妹、媽媽的互動，克服了心理的難處，成為一隻快樂展翅高飛家人愛慕的鴨子。另一篇被當成本書書名的〈醜小鴨看家〉，描寫一隻被四個姐姐欺負的醜小鴨，經過了一次看家經驗的考驗，終於得到了家人與朋友的接納。在書的序言裡，作者對自己有「成為中國的安徒生」的期望，在以上兩篇對鴨子的細膩刻劃，我們可以從其中感受到些許呼應。

　　在這三十五篇裡，〈聰明的海鷗〉、〈一片楓葉〉、〈曠野上的一棵樅〉、〈風雨中的梧桐葉〉四篇裡，有寓言的啟示。而有十二篇是描寫校園或家庭的生活故事，寫一些學生之間常會發生的問題，由此可看出作者在任教期間，對於學生生活的觀察與關懷，把期望融在文學裡，希望有助於他們的成長。

　　在這本作品選集裡，童話中角色的選擇與運用多樣化，故事裡的動物或植物都能恰當展現故事人物的特性，「友誼」與「生活中的奮鬥精神」是經常出現的主題，是一本值得成長中孩子閱讀的好書。（楊隆吉）

臺灣
(1945～1998)
兒童文學一〇〇

無花城的春天

作者：張水金

插畫：曹俊彥/洪義男

出版/定價：1979,12,漢京文化事業有限公司 /55 元

1996,7,國語日報社 /180 元

《無花城的春天》收錄了張水金先生早期的童話六篇，包括：〈孤獨的白燭〉、〈看不見的七本書〉、〈遲開的杜鵑花〉、〈大帽子小帽子和龜兔賽跑〉、〈怪醫生治怪病〉、〈無花城的春天〉。每篇童話都有特殊的主題、深切的意涵融入在故事裡，帶給讀者們新奇的感受。其實從篇名的命名開始，我們就可以查到一些蛛絲馬跡。白燭為什麼會孤獨？看不見的七本書，是哪七本書？杜鵑花為什麼會遲開？龜兔賽跑這次比賽，誰會贏？怪醫生治怪病，是治什麼樣的怪病？春天不是花兒盛開的季節，無花城的春天又是怎麼一回事？一連串的疑問等著我們自己去解決。喜歡童話的你，是最好的禮物。

〈孤獨的白燭〉在風強雨急荒山的暗夜裡燃燒，雖然孤獨，卻救了六個登山迷路的年輕人。〈看不見的七本書〉是小白兔學會了「時間的書」、「思想的書」、「誠實的書」、「觀察的書」、「快樂的書」、「愛心的書」和第七本看不見的書。奇奇貪睡，是陽光草坪一直不開花的杜鵑，所以同伴們叫他睡蟲奇奇。後來在奇奇的覺醒下，他努力開花，使今年的杜鵑花開到四月。大帽子小帽子加入了這一次的龜兔賽跑，這一次大家一起抵達終點。小馬喜歡說謊，阿奇帶他遊歷騙子國、吹牛城、自私鄉、力霸村、殺人院，可是小馬最後還是懷念自己家鄉，決定不再說謊，怪醫生醫好了小馬說謊的怪病。無花城裡的居民都不友善，白髮老公公和小徒弟，為城裡的人種下花種，從此無花城的春天美麗極了，居民也懂得微笑。《無花城的春天》帶來溫馨也帶來快樂。

這本書在 1979 年 12 月由漢京文化事業有限公司出版。後來再由國語日報社再版，是金獎童話系列的第一本書。插畫也由曹俊彥先生到洪義男先生，重新再詮釋。不管文字插畫都是一時之選。

人生會經過很多春、夏、秋、冬，但是《無花城的春天》卻是一個你不能錯過的春天。(藍涵馨)

臺灣 (1945～1998) 兒童文學一〇〇

 小番鴨——佳佳

作者：嚴友梅

插圖：霽霓

出版／定價：1980,1,大作出版社／110元

《小番鴨——佳佳》的作者嚴友梅女士是台灣兒童文學界的重要作家之一，她不但在童話、小說、兒童（電視）劇的創作上成績卓著，對國外兒童文學的翻譯亦不遺餘力。「國語日報社」早年曾經刊行許多國外的兒童文學名作，其中便有好幾本出自嚴女士的譯筆。

嚴女士的第一本書《無聲的琴》出版於一九五六年，其後創作不輟，幾乎年年都有新作。《小番鴨——佳佳》出版於一九八〇年，已算是嚴女士較晚期的作品。長期創作經驗的累積，在寫作技巧上，《小番鴨——佳佳》堪稱爐火純青而無愧。

然而，技術上的成熟並不足以使這本書成為傑作，這本書最動人之處，乃在全書處處流露的愛護動物的悲憫胸懷。正如嚴女士在這本書的「代序」〈小動物上臺〉中所言：「我寫童話原是為了給兒童快樂，培養『真善美的情趣』，並且注入基督精神——愛。」（頁3）這個天人合一的大愛思想貫穿全書，最後以佳佳告訴牠的小鴨的一段話作結：「記著，跟朋友在一起，要相親相愛。——你該想著，大家相聚不容易；也該想著，這可能是最後一次見面，要是有了虧欠，連彌補的機會都沒有。自然就會親愛了。」（頁278）

以動物為主角的童話／小說在兒童文學史上並不罕見，如美國的 E・B・懷特便是箇中高手。《小番鴨——佳佳》或許還趕不上《夏綠蒂的網》的深度，但它的鄉土味無疑更容易讓此間讀者親近。

這本書最初的版本是「大作出版社」刊行的，書中所附的插圖頗為傳神。遺憾的是，繪圖者霽霓的大名只列於版權頁，並未印在封面上。這是當時出版界普遍的作法，但這對圖畫作者並不公平。如果將來這本書有機會再版，這當然是值得改進的地方。（徐錦成）

臺灣
(1945～1998)
兒童文學一〇〇

 童話列車（全套15冊）

作者：每冊都由多位作者合作完成
插畫：每冊都由多位繪者合作完成
出版／定價：1982,10～1983,6,錦標出版社有限公司／
每冊600元

這是一套結合故事和知識的書。本套書是由國內的文學家、科學家和畫家所合作完成，為了能達到故事兒童化、科學中國化、藝術本土化、編輯現代化的出版宗旨，我們可以從書的分冊中看出它的用心。

　　全套分三大類：動物王國、植物世界和科學奧秘。每類再分為五冊。「動物王國」分別有草原動物、高山動物、家庭動物和水域動物等四冊。「植物世界」分別有趣味植物、山林植物、庭園植物和水域植物等四冊。「科學奧秘」分別有宇宙奧秘、地球奧秘、人體奧秘和物理奧秘等四冊。每冊所要討論的項目，都先以一個短篇的童話故事做為開端，故事中還有精美的插圖，以引起讀者的閱讀興趣，之後，再介紹一些相關的科學知識。介紹完科學知識，最後還有「問題追蹤」與「動腦時間」，引導讀者對於所讀的內容做思考與統整。

　　本套書另外值得一提的是，每類的第五冊為媽媽手冊。如果說，本套書是結合故事與知識的橋樑，那麼媽媽手冊可以說是家長（老師）和小讀者之間的橋樑。以第三類科學奧秘為例，它將其中的四冊整合，另外分為「母子篇」（如何為孩子選購玩具、兒童的心理發展、兒童的生理發展、意外事件和急救的方法、科學教育應從幼年開始）；「物理實驗」（重心實驗、靜電實驗）；「益智篇」（例如：一筆畫、走走看、釣魚比賽……等）；「童玩篇」（例如：小鳥風向計、萬花筒、彈簧槍……等）；「繪畫篇」（冰畫、水花片片、果汁畫、砂畫）；「歌謠篇」（例如：兒歌、唐詩、童詩欣賞……等）。還有「答案篇」，是針對每套前四冊的問題追蹤與動腦時間，提供一些參考的解答。最後還附有「閱讀測驗」，對於前面科學知識的部分，再提出一到四個問題，做為一個主題的結束。每本媽媽手冊的最後都有一頁名詞索引，收集前四冊所提到的特別名詞，方便資料快速追尋。

　　本套書雖以《童話列車》為題名，實則兼容知識，文學與科學前後呼應，是一套值得兒童閱讀的精采傑作。（楊隆吉）

臺灣 (1945～1998) 兒童文學一〇〇

 齒痕的秘密

作者：朱秀芳

插畫：劉伯樂

出版/定價：1984,9,書評書目出版社/300 元

洪建全文學獎對於一九七〇年代和八〇年代台灣兒童文學界有著重要的影響，現今許多兒童文學重要作家，或者崛起於此或者在此大放異彩，包括黃海、李潼、朱秀芳、方素珍、張嘉驊、洪志明……等等，都曾經是這個獎的得主。同時，它也為台灣兒童文學園地留下了不少歷久彌新的作品。

朱秀芳這本《齒痕的祕密》，是第十屆洪建全文學獎童話組第一名作品，長篇童話，寫的是母狗哈利和她四個小狗的故事。

哈利的女主人嫌她是土狗，想把她和四隻剛出生的小狗送走。幸好有一天夜裡哈利奮勇擊退小偷，才改變女主人的想法，決定留下哈利、送走小狗。哈利為了將來能和小狗重逢，就在每隻小狗的耳朵上咬下齒痕作為記號。後來，這四隻小狗有的送人，有的走失差點變成流浪狗，幸好最後都遇見疼愛牠們的主人，而牠們也以忠心回報主人，成為人人誇讚的忠勇義犬，並得以參加「愛犬協會」舉辦的「傑出優秀良犬」比賽。在這個比賽會場上，人們發現其中四隻相似的小狗耳朵上竟然都有齒痕，覺得真是巧合，只有同樣也來參加比賽的哈利和她的四個小孩明白這是怎麼回事。故事結局，哈利雖然無法和她的孩子生活在一起，但至少現在她知道牠們在哪裡，更有合照照片陪著她。

這樣的故事，仍保有古典童話中濃烈的人道關懷。相較於九〇年代的童話，它的意識形態是比較傳統的，在語言形式或空間藝術的創作上也比較簡單，但是在情節的經營和角色性格的刻劃上，卻更令人印象深刻些。

《齒痕的祕密》發表迄今已將近二十年，這二十年來，台灣新進的童話書量眾多，創作的內容多元，手法也發生了很大的變化。但奇妙的是，它卻是我少數能記得住情節的一本。如今重讀它，也並不太覺得有什麼時代的隔閡感。好像，十幾年前哈利的一咬，痕跡依然深刻。（周惠玲）

 的故事

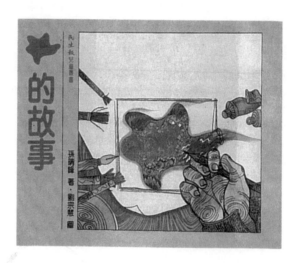

作者：孫晴峰

插畫：劉宗慧

出版/定價：1988,12,民生報社/120元

1999,4,增訂新版,改名為《甜雨》/240元

台灣十多年來的童話創作，不論主題的設計、素材的選擇，或是表現的手法，總體來說已和前生代大不相同。其中，若說有什麼創作可作為前後世代交替的分水嶺，無疑的，便是孫晴峰的這本《❦的故事》。

本書共收錄二十篇童話。除了部份篇章沿襲較為傳統的寫法，大多數都能反映作者的銳意求新。事實上，作者在自序中提到，她「一向喜歡不太尋常的東西」，也坦言相告，書中的許多作品被她稱之為「反童話」。

怎麼「反」的呢？以選作書名的〈❦的故事〉一篇來說，主角是個可以像變形蟲一樣變換身體形狀的外星生物，寫作「❦」。它和畫家的右手，有一段動人的戀情。故事融進了「❦」的大量舞姿，將圖畫轉成指義的符號形式，擴大了童話語言的運用。而「❦」該怎麼念，作者也沒硬性規定。因此，讀者擁有解讀的權力，愛怎麼念就怎麼念。

又如〈時間的磨坊〉一篇，描寫精靈奧古斯如何利用風車來為時間製造計量單位。寫作的靈感，得自詩人余光中的詩作。整篇童話洋溢著詩的氣氛，是童話體式向詩的一次成功的探觸。

又如〈甜雨〉、〈紫眉毛〉等篇，說是童話，其實更接近生活故事，虛實鋪排之間，倒也看得出作者如何善用文類的「模糊性」。

作者的確是在寫「反童話」。她所「反」的，正是一般人對童話的慣性認識。藉由詩畫等「多媒體」的融合，作者證明了一點：童話應該是一個開放性的文類，容許多元化表現，講究自我更新。

而書中一系列對傳統經典童話的改寫，更是這層「反」的精神的顯現。如〈鞋盒的秘密〉從「灰姑娘」的故事移花接木，探討感情的歸屬問題。如〈新潮皇后與魔鏡〉引進新科技產品電腦，故事內容不僅清新有趣，也瓦解了僵化認知中的後母形象。九〇年代台灣童話顛覆傳統經典，蔚為風氣，而這本童話在八〇年代時已開其端。

本書現經民生報社重新排版，又多收進了〈小紅〉及〈方方嘴〉兩篇，改以《甜雨》之名發行。不論新版或舊版，都值得一看。
（張嘉驊）

臺灣 (1945～1998) 兒童文學一〇〇

 口水龍

作者：管家琪

插畫：謝敏修

出版/定價：1991,7,聯經出版事業公司/120元

本書以十七篇長短不一的短篇童話所組成，以其中一篇〈口水龍〉為其篇名。這是一本愉悅孩子也令成人回味不已的童話書。

管家琪女士是一位多產作家，作品涉略的範圍極廣－－包含童話、少年小說、圖畫書等創作，並有翻譯及改寫的作品。出版作品至今（1999年12月止）已有百餘本，並曾多次獲獎。

《口水龍》是管家琪女士的第一本作品，作品呈現出幽默、想像、又具生活化的風格。其中幾篇是得獎作品，如〈小歡與莉莉〉曾獲1983年教育部文藝獎，〈香菇的故鄉〉、〈口水龍〉、〈天狗吃日〉則獲得1987、1988年民生報的童話獎，〈說再見的方式〉於1994年獲大陸陳伯吹兒童文學獎。

作者管家琪女士曾說她寫作最大的來源是「小孩」，在與孩子東東的互動中，激盪出源源不絕的創作靈感，如〈口水龍〉、〈東東找媽媽〉。亦有小孩與玩具之間的互動遊戲，如〈跳跳猴〉、〈音樂盒裡的聖誕老人〉。這不僅是管家琪為他的孩子東東的成長紀錄，也是一個媽媽對孩子的心意；它同時更是每個孩子的記憶。每個成人都曾經是孩子，雖然有些東西我們會遺忘。

作品中除了關照孩子細微的情緒－－對自我的認同、肯定自我外，作者也教導我們如何看待生活－－那些生活上看似不起眼的，因太過熟悉而導致的疲倦心態，容易麻痺我們知覺的敏感，那麼為生活加一點想像與創造的調味料如何？我們看見作者將童話的幻想性與遊戲精神相互結合，如那隻黑白顛倒，令人發笑的企鵝〈阿普〉；〈說再見的方式〉故事中，大象夫婦為接吻的道別而導致兩人的長鼻子打結。怎麼辦？作者有著幽默而有趣的收尾。

如果不曾用心去感受生活、沒有愛的情誼，這個世界不會如此的美麗。作者帶領我們去感受生活的點滴、生活之美，如在〈香菇的故鄉〉中大孩子王先生對於媽媽的懷念；〈頭上的禮物〉是一個老師對於學生的提攜心意；〈用心吃的粽子〉是老先生對於已逝去的老伴的永恆記憶。

管家琪女士是90年代臺灣兒童文學的重要作家，她的第一本童話《口水龍》已可略見大家之風。（鄭雅文）

水柳村的抱抱樹

作者：李潼

插圖：張麗眞

出版/定價：1993,10,天衛文化圖書有限公司/套書不分售

我們都知道作家李潼創作了很多少年小說，可是他也創作童話。《水柳村的抱抱樹》就是一本童話集，收集了作者十四篇的童話。這十四篇的童話開發了很多新的題材，與時代意義結合，強調的主題也多異，語言風格更是有趣。以臺灣本土的各種現象為素材，用童話的表現形式來呈現，成了本書最大的特色，也是最值得喝采的優點。當然作者高超的文學技巧和幽默的語言風格，更是讓這本童話集，風采四溢，趣味橫生。

〈紅目猴和白晴虎〉是居住在動物園的兩隻動物，卻嫉妒外來客「貓熊」，後來因為同情「貓熊」，幫助分散人群的目光，使「貓熊」快樂，自己也快樂。〈水柳村的抱抱樹〉是講東山十字河道口的一棵老柳樹，喜歡抱人，卻造成大家的麻煩，大家提議解決這樣的麻煩，到欣然接受老柳樹抱抱的故事。孟孟愛作夢，想去找夢，問夢作夢好不好。到了〈枕頭山〉找到好多夢，把作好夢的方法，帶回去給他的朋友，和他們互相交換夢想。一隻名叫「摩登」的松鼠，為了掩飾自己吃薯條跌進池塘的事，發明了一道新奇的食物〈炸薯條配綠藻〉，結果大家爭相模仿，其實內心苦不堪言。〈茶壺和杯子〉爭論誰比較重要，可是地震到了，主人說它們一樣重要，每一個都摔不得。阿魯先生創造了流行的〈七彩牙〉，引起了一陣「七彩」的風潮。可是阿魯的姐姐卻不捧場，依然故我，直到最後仍然被流行所同化。魔神仔在地下道迷路了，〈迷路的魔神仔〉得靠阿魯將他送回綠森林，否則魔神仔會愈來愈虛弱，甚至被城市所湮沒。〈罵人風和擋風板〉是一個講風象預報影響人們的故事。〈有法術的洗髮精〉幫助阿魯專心。有人趕「時間」、搶「時間」、殺「時間」，阿魯決定當〈時間的保鏢〉幫助「時間」。〈蜈蚣火車的蝙蝠座位〉是阿魯的一種創新，解決了蜈蚣火車無座位乘客的問題，但是卻出現其他問題，而緊急喊停。〈虎姑婆和好姑婆〉是姐妹，在好姑婆的幫忙下，最後虎姑婆變成了「好」姑婆。〈小獅王的新扇子〉好不容易做成，小獅王卻一次也沒有拿出來扇過。〈魯卡國的橘子節〉本來是在紀念屈橋，可是摘橘子的規定，卻違反了屈橋的精神，於是阿魯到處演講，想將這些不合理的規定改掉。

仔細的看《水柳村的抱抱樹》，我們可以發現台灣社會上種種的現實問題的呈現。作家寫出來了，提供我們省思，也藉由作家的眼來觀察到這個社會。《水柳村的抱抱樹》是一本值得你擁抱的書，因為它提供了一種生活的情趣和省思。讓你在幻想的童話世界中，找到了一種合理的疏解，自由的飛翔。(藍涵馨)

臺灣
(1945～1998)
兒童文學一〇〇

十四個窗口

作者：林世仁

插畫：劉宗慧

出版/定價：1995,9,民生報社/220 元

對台灣童話界來說，林世仁在九○年代的崛起，象徵一道新的形象，也代表一股新的力量。他的童話創作，風格獨特，主要反映在以下兩個層面：一、擁有超凡的詩意想像，把童話帶進一種情味豐富的美學境界；二、深入事相內在，使童話具有一種啓迪哲理思維的功能。基於這兩種現象，一般評論者常把他的童話歸入在「詩意童話」或「哲理童話」。而《十四個窗口》，便是一本最能代表他這兩大風格的書──其實，也正是他創作力的「原點」。

《十四個窗口》的十四篇故事，有寫發生在城市一角的溫馨，如〈石獅子與綠繡眼〉；有寫大自然生存的艱難，如〈山坡上的榕樹〉；有寫海中魚族對天空的奇想，如〈天空之城〉……誠如作者在跋文中所說的：「每個故事都守候著當時的一種心情，就像每個窗口都守候著自己的風景。」

雖然風景各殊，面向不一，但對那用以觀察世界的心靈，我們卻能分析得出一些基本的「視角」。

首先是「孤獨感」。在本書中，很多角色都以「單獨形影」出現，如「流浪的吉普賽人」、「長著白尾巴的黑狗」，或是「什麼都沒有的人」。這種「孤獨感」，絕非只是一種情緒，深入的說，其實指的是人的一種本質。

人是孤獨的，但卻不可能完全孤絕於世，因此，「探索與緣遇」便成了本書的另一個基調。就像「一個被遺落在草地上的夢」之尋找它的主人，而一名小男孩的影子和一隻鳥的影子偶然相遇，衍生出一段關於友情與遺忘的感人故事。

既有接觸，就有反饋。書中故事文本的設計，最後大多導引人物去「認識自我」，如石獅子肯定自己也能跟一隻綠繡眼當朋友，如「草地上的夢」發現自己的主人原來是大地，如「什麼都沒有的人」明白了自己的死亡，其實是告別了虛無……這都是《十四個窗口》之所以成形的一些肌理，也是解讀此書可以掌握的一些門徑。（張嘉驊）

妖怪森林

作者：劉思源

插畫：李瑾倫

出版/定價：1996,9,民生報社 /250 元

如果說童話是一面魔鏡，鏡中變異奇幻的景象其實是真實世界的映影。那麼，所謂的「真實」又可分成「內在」與「外在」兩個場域。有些童話作家喜歡往內在自我去探索，而劉思源，似乎更關心外在的大我呢。

因此，《妖怪森林》讀著讀著，常會讓人感覺是「和時代一起脈動」的。

例如說，書中〈水國王國選國王〉這篇童話會讓人聯想到總統大選；〈一樣國〉讓人反省群體暴力、尊重個人自我的發展；〈沒關係先生作披薩〉讓人思考在「彈性變通」與「堅持原則」之間該怎麼抉擇；〈鬍子國〉讓人笑看今日男女角色的互動；〈蚊子特攻隊〉讓人關心人與自然萬物的關係；〈失業陣線聯盟〉呼籲人重視環保……。

不但題材富於時代感，作者所使用的語彙、比喻或傳達的意象，也處處和我們的日常生活打成一片。信用卡、補習班、交際應酬、開罐器、繳水費、錢滾錢、身材該凸的凸該凹的凹、整型美容……等等大象媒體常見的語言，通通跑進了這本童話裡玩耍起來。

本書的另一個特色是：古典童話新寫，而且取材多元，古今中外、神話傳說或寓言……作者都一一挑戰。〈誰是最偉大的裁縫師〉讓人聯想起〈國王的新衣〉，只不過作者想說的外貌與心靈與各種社會價值觀的並存；〈米德國王娶太太〉類似格林童話中王子與公主的故事，只是作者更著重在自我價值的肯定；〈一字大師〉很類似武俠小說中意外成功的小子，只不過小子雖成了一代宗師，但並未忘了自己原來是誰。

「以童話諷今」和「古典童話新寫」兩者都是現代童話家經常會嘗試的路線，但其實都並不容易寫好。因為童話講究的是「虛」「實」交融的藝術，如果「實」反映過多了，容易變得教條無趣，且易失童話的氛圍。而「古典童話新寫」則難在於要如何寫出創意又不流於刻意。

但對於劉思源而言，這兩者似乎都不構成阻礙，她甚至將這兩種特色交融一起，寫出具有時代關懷又饒富個人風格的童話。最重要的，她的故事永遠讓我覺得趣味而耐讀，那是我這個讀者內心小孩永遠希望從童話作品中看到的。（周惠玲）

臺灣 (1945 ～ 1998) 兒童文學一〇〇

怪怪書怪怪讀 ①

作者：張嘉驊

插畫：羅敬智

出版/定價： 1997,4,文經社/180元

這本書被歸在「童話」類，乍看有點怪。仔細想，若歸在其他類更怪。反正作者已經說了 ，這是一本「怪怪書」，我們姑且就「怪怪讀」吧！

作者張嘉驊是台灣當代最具才情與開創性的童話作家之一。他原為現代詩與童詩創作者，九○年後改寫童話，短短十年之內，創作的質量皆相當驚人，甚至也極具票房。例如《怪怪書怪怪讀》系列在國語日報連載時，就掀起了一陣「大家一起來掰書」的旋風，受歡迎程度，令人忌妒。

他的童話作品至今有《迷失的月光》、《怪怪貓與哈哈貓》、《怪怪書怪怪讀》系列、《蝗蟲一族—趣味昆蟲童話》、《恐龍阿瓜與他的大尾巴》、《怪物童話》、《哈拉巴啦怪物節》、《長了韻腳的馬—押韻童話》，以及九九年牧笛獎作品《我愛藍樹林》。難得的是，他的童話面相豐富，能搞笑也能抒情，能夠「後現代」也能夠六○年代，能文以載道也能大玩特玩他的兒童遊戲理論，甚至還能將以上種種特質融合一體。

最後這一句，也是我對《怪怪書怪怪讀》的整體看法。

初看這本書，像似「童話短路」與「腦筋急轉彎」的綜合體，細看才驚察到作者是以解構的手法，將傳統童話進行拆裝、重新組合，甚至還衍生、變形。因而建構出一層又一層的異想空間。

例如〈老鼠娶新的娘〉這個單篇，看似在玩「娶新娘」和「娶新的娘」的語言遊戲，但它並不僅是單一的語言變奏而已。作者從一隻老鼠要娶新的娘當後母、新的娘住在「快打旋風」的電動玩具裡、經過小龍女和俄羅斯高手以及非洲酋長的聯合考驗、結果電動玩具電線短路新娘火燒屁股…一路瞎掰，甚至不斷拿故事書裡畫家畫老鼠身上的上萬根細毛開玩笑。這些瞎掰看似無喱頭，不過若讀者熟悉那本被作者拿來「幽默」的圖畫書，不免會發出會心的微笑。

類似的影射，在全書的各個單篇都能發現。幸好作者的態度並不說教或諷刺，也就帶來無傷大雅的幽默笑果。

書中的另一個特點，是作者煞有介事地介紹每本書，包括將原著、作者、翻譯、出版社、定價等資料一一列出。雖然這些資料通常都很搞笑，例如《十萬個為什麼》的主編是「衛舌麼」、出版社是「重複出版社」、定價「十萬元（一個問題一元）」，不過據說仍引起不少小讀者弄假成真，到書店去找「那些書」。

一本書能掰得這麼鮮活有趣，又能經得起重複讀而不膩，其實是不需要我再多說什麼。小讀者的反應就已經證明了它的成功了！（周惠玲）

 西元 2903 的一次飛行

作者：卜京

插畫：卜京

出版/定價：1998,3,民生報社/200元

卜京，被許多大陸兒童文學學者讚許為台灣最值得期待的童話作家。

這當然是個待爭議的觀點，特別是在她作品極少的情況下。不過，當我讀她的第一部童話作品《大海螺它說》時，就被迷住了。以客觀論，《大》並不夠成熟，書中許多單篇算不算童話也待討論，然而，它在青澀中所具有的童話純度與美感，卻是我在中外多數童話作品中所未見的。它甚至和我的童年幻境起了共鳴，讓那個遙遠的、小小的我鮮活了起來，宛如全宇宙被納入一小葉「很翠很嫩」的心中。

到了第二本童話集《西元二九○三年的一次飛行》時，卜京則展現女性作家難得的壯闊氣勢。用意象作比喻，就是大海與藍空。她的成長與蛻變，不來自技巧或藝術手法，而來自意象世界的開展。

這本書中，納了 11 篇短篇童話，絕大多數主題似乎都與本我的追尋有關，例如〈小湖的倒影妖怪〉、〈亂亂〉、〈尋找遺失的記憶〉、〈兩個豆子〉、〈影子貓〉，兩個自我（純真的自我和社會化的自我）重複以各種面貌出現，進行對話，而讀者也不斷看到作者對本我「失落」、「背離」所產生的焦慮。

以致於在最後兩篇連貫的中篇科幻童話〈叛離地球行動〉和〈西元二九○三年的一次飛行〉中，「本我」化身成為被毀的地球，向日葵（象徵光明與色彩）成為追尋的目標。當阿塔奮不顧身地駕機飛向太陽時，暗示著作者自我追尋的答案與抉擇。於是整部童話也格外壯麗有力。

這一對話，與其說是企圖要對小讀者說些什麼，不如說是作者的自我對話。幸好故事以小讀者熟悉的情節中行進，因此仍能讓讀者理解、產生共鳴。

當然，書中也有以生動趣味與藝術技巧取勝的作品，例如〈走吧，到書裡大吃一頓〉就是讓人讀得「津津有味」的一篇，它和〈誰買的貓型腳踏墊〉、〈在一朵雲上工作〉等，都是充滿空間質變的趣味的作品，讓我們看到細緻的奇幻之美。（周惠玲）

一隻豬在網路上

作者：方素珍

插畫：郝洛玟

出版/定價： 1998,4,國語日報社/120元

方素珍的創作，一向喜歡從現實經驗取材，也重視作品所反映的生活趣味。更重要的是，她總在作品裡營造一種溫馨的氣氛，因此使得作品格外令人親近。像《一隻豬在網路上》，便是一本完全體現「方家寫法」的作品。

從生活經驗取材，最怕寫成「流水賬」。反映生活趣味，最怕流於「低俗」。而溫馨氣氛的經營，最怕搞成「濫情」。想要拿捏得好，其實並不容易。成敗的關鍵之處，就在於作者有沒有提供一個具有價值的「生活價值觀」。關於這一點，《一隻豬在網路上》處理得還不壞。

這本書由朱家寵物迷你豬「漲停板」擔綱演出，故事採第一人稱敘述方式，交代他所經歷的一連串事件。先是被主人帶去算命，算出了可笑的結果。接著是被安排出電子書、拍廣告，拱為明星，曝顯了社會對某些事物的炒作行為。再來是一椿電子雞的事件，導致「漲停板」離家出走，讓他流浪在外。為了挽回小主人被迷惑的心，透過善心人士的幫忙，「漲停板」在網路上發布「尋人啓事」，希望與小主人真情接觸……事件雖多，但是交待的層次分明，條理清晰，毫不紊亂。台灣近年所見的一些具有爭議性的社會現象，一一成了故事的素材。這種對風尚的探觸，體現出作者心思的獨到，使這篇童話具備了鮮明的「時代感」，將童話的屬性從「文學文本」提升到「文化文本」。

要說這篇故事有什麼缺點的話，即此書雖然觸及了台灣的某些社會問題，間或流露反諷意味，但批判仍嫌不夠深刻。而在語言藝術的運用上，較少著力，因此所能帶給讀者的「想像空間」，也相形的減弱。這都是本書可惜之處。

不過，儘管有這些缺點，仍然得說《一隻豬在網路上》不失為一本可讀的作品。除了先前提過的特點，還值得一提的是，迷你豬「漲停板」的形象塑造得很成功，真摯可愛，頗容易引起小讀者的同情。（張嘉驊）

臺灣 (1945～1998) 兒童文學一〇〇

「台灣兒童文學一百」評選活動，少年小說部分經諮詢委員與評選委員的熱烈討論後，已從初選投票結果得票較高的三十本中選出十三本。

由於參與投票的兒童文學工作者與愛好者，不可能將近半世紀台灣所有本土少年小說全數看過，各人必定是依據閱讀經驗與個人偏愛來做投票參考。這種情形會讓人們擔心票選結果的公正性。然而投票樣本多，可讀性高的作品還是能夠在最後脫穎而出。從入選的十三本少年小說的得票數，我們仍然能追溯本土少年小說五十年來的演進趨勢。「傳承」與「創新」是這次少年小說評選結果呈現的兩大創作方向。

入選的十三本書中，年代的傳承脈絡非常明顯。六十年代的《魯冰花》(鍾肇政)《阿輝的心》（林鍾隆）與《小冬流浪記》（謝冰瑩）的入選，不僅肯定老作家的功力技巧，更凸顯讀者的懷舊心態。而《魯冰花》（鍾肇政）藉電影的推廣，得票最高。《老三甲的故事》（嶺月）的入選，間接說明了作者與讀者同樣追懷往日舊情。

就類型來說，入選作品反應了本土少年小說的多樣化。《少年噶瑪蘭》（李潼）、《小英雄與老郵差》（馬景賢）和《落鼻祖師》（余遠炫）可歸類為歷史小說，因為他們擷取了歷史的片段，鋪陳一段動人的敘述，讓小讀者回到從前，與先人同甘共苦。科幻小說也沒有缺席，《奇異的航行》（黃海）的入選，展現讀者對不知未來的疑懼與關切。溫馨感人的作品並非七十年代所獨有的，八十年代的《再見天人菊》（李潼）與九十年代的《小婉心》（管家琪）觸動了不少青少年溫柔善良的心。

當代社會變遷急遽，青少年生活在不安定與不確定的年代裡，所面臨的衝擊與問題日益增多。有心的創作者耳聞目睹，提筆寫下他們對青

少年不同際遇的關懷。這種情形在進入九十年代後更為明顯。以類別來細分，《野孩子》（大頭春）、《我是白癡》（王淑芬）和《我的爸爸是流氓》（張友漁）都可列為問題少年小說，雖然作品關切的是現實社會中的不同層次的問題。

　　回顧近二、三十年來的本土少年小說的發展經過，我們發現這種文類的寫作人數越來越多。他們正日夜不停地為青少年撰寫動人感人的優秀作品，他們的努力也得到了讀者的肯定。從這次初選入選名單上，也可看出這種趨勢，有幾位作家不只入選一本作品。李潼一人就入選了四本之多，而且得票都不低。但依據每人最多只能入選兩本的規定，我們只得割愛《天鷹翱翔》與《順風耳的新香爐》。

　　另一個比較遺憾的是，這次入選名單沒有列入短篇小說選集。雖然初選有四本入選，但「台灣省兒童文學獎專輯」入選的三冊，作品內容高低不一，並不是很理想的選集，只得捨棄。就作品內涵來說，洪文珍教授編選的《兒童文學小說選集》還是最可取的一本。選稿嚴謹與水準齊一是這本選集的特色，雖然選取的作品全部為一九八八年前的作品。

　　這十三本少年小說藉七情六慾的刻劃，展現了本土少年讀物的不同風貌，紀錄了現代台灣社會發展的部分過程。雖然部分作品的藝術性有待商榷，但就少年小說「樂趣」、「瞭解」和「資訊獲得」三種基本功能來說，這些書的確值得細細品味。

張子樟

魯冰花

作者：鍾正（鍾肇政）
出版／定價：1962,6,明志出版社／特價 10 元
1979,6,遠景出版社/100 元
1992,9,初版二刷,風雲時代股份公司/110 元
1999,6,桃園縣文化中心・收錄於鍾肇政全集五
《魯冰花、八角塔下 》

鍾肇政先生世居桃園縣龍潭鄉，自一九五一年開始發表創作以來筆耕不輟，為台灣當代文學巨擘。作品以大河小說成就最為顯著，例如《濁流三部曲》、《台灣人三部曲》以及《高山組曲》都在台灣文學史上樹立豐碑。《魯冰花》為鍾先生第一部長篇小說，一九六二年以鍾正為筆名發表於聯合報副刊，翌年結集由明志出版社出版。故事發生在一個名叫水城的丘陵村莊，藉由一位短期代課的美術教師郭雲天來描繪學生古阿明展現繪畫天才，卻缺乏環境養沃而夭折的歷程。

小說除了「楔子」和「尾聲」之外共分十二章，以春天魯冰花開起始，最後卻是一場奠禮，用魯冰花謝來作結。「魯冰花」之意涵，不言而喻。從結構來看，作者運用章節替換從不同的角色人物對學校、家庭與社會相互關係進行探勘，不僅避免敘述聲音的單調，亦使故事發展更形豐富。明暗對照、二元對立是小說中顯而易見的結構設計，以主角古阿明為例，其反襯即為林志鴻：一貧一富：一活潑開朗，一體弱文靜：一個創造力十足，另一個則習於模仿。這樣的二元關係其實根源於作者對環境的架構：對比水城鄉裡的兩個村莊－－種茶維生土壤貧瘠的泉水村，以及水土肥沃能培植稻米的三溪水村。從這個觀點來理解，我們更能貼近作者關切人民與土地彼此關係的命題，對於環境與命運也能有進一步的體會與同情。

在《魯冰花》裡，作者對階級和制度隱含批判，固然呈現人事物的暗面，但是故事裡古阿明對繪畫的熱情，對小動物的喜愛，這樣天真而表現自然的情感，塑造出兒童形象的開朗描寫卻更讓讀者印象深刻。而古茶妹對古阿明的手足之情以及郭雲天和兩姊弟之間的師生情誼也得到讀者最真摯的感動。

根據原著所改編的同名電影當然也讓讀者難忘，該片由楊立國執導，吳念真改編，黃坤玄飾演古阿明，而李淑楨扮演的古茶妹更榮獲金馬獎女配角獎。此外，該劇主題曲《魯冰花》輕聲傳唱：「天上的星星不說話，地上的娃娃想媽媽，……啊～閃閃的淚光，魯冰花，……夜夜想起媽媽的話，閃閃的淚光魯冰花。」無數聽衆都能朗朗上口。無論藉由文字、影像或聲音，《魯冰花》都已為當代台灣大衆帶來美好的感動。（邱子寧）

臺灣
(1945～1998)
兒童文學一〇〇

阿輝的心

作者：林鍾隆

插畫：廖未林／洪義男

出版／定價：1965,12,小學生雜誌社／10元

1989,8,滿天星詩刊社／80元

1991,8,台灣省兒童文學協會／100元

1999,9,富春文化事業股份有限公司／280元

《阿輝的心》是一本衆生的寫真集，也是一部編（故事情節的安排）、導（文字描述的技巧）、演（人物的塑造刻畫）俱佳的「劇情片」。透過作者的生花妙筆，在閱讀的過程中，我們彷彿得以回到那個時代，貼身地親近那些天地人，親眼目睹他們在打窯子烤番薯、池塘裡趕鴨子，親耳聞見他們或溫暖、或刻薄、或練達的言語應對。其中最令人難忘的，尤其當推那一個個栩栩如生的角色。作者幾乎寫活了每個人物。每個配角（即使是只出現一、兩次的小角色）都恰如其分自不待言，主人翁阿輝更是集所有美德之大成：樂觀、聰明、堅強、勤勞、勇敢、孝順又充滿愛心……。幾近完美的人格形象，卻又有著無比的說服力，這在文學史上絕不多見！

《阿輝的心》更是一部時代采風的「記錄片」，它記錄了一個時代（六〇年代）、一個地方（台灣農村）、一群人（以主角——小學生阿輝為中心）的悲歡離合故事。而看這部小說，除了可以讀到一個精彩動人的故事外，我們也順道學習（或復習）了這本書所描繪的時空下的人文風情、地理風土、社會風俗及自然風貌……，一舉數得，閱讀報酬率不可謂不高。文學作品往往借力於其他學科（如社會學、地理學、生物學……），但只有傑出的文學作品才能成功呈現其他學科的知識，甚至成為其他學科所無法忽略的參考資料。

《阿輝的心》初版於 1965 年，出版者是「小學生雜誌社」，當時立刻受到廣大讀者的喜愛，但出版商卻遲遲未再版：直到 1989 年 8 月，才改由「滿天星詩刊社」重印新版；1991 年 8 月，又有「台灣省兒童文學協會」根據「滿天星詩刊社」的版本影印再版，但印量並不大，市面上要找到並不容易。所幸，在 1999 年，「富春文化事業股份有限公司」又推出最新版本，不僅重新電腦排版，插圖也由原先的廖未林，改由洪義男重繪。

在新的世紀，舊識此書的讀者當可透過新版書重溫舊夢。而對於新新人類來說，《阿輝的心》的故事背景或許是陌生的（畢竟那是六〇年代的台灣鄉村），但如果他們有機緣閱讀這本書，就會知道這本書絕對有它歷久彌新的價值。時代環境的變遷，阿輝的故事當然已不可能再發生，但人性是不會「退流行」的——一本好書也是如此。（徐錦成）

臺灣 (1945～1998) 兒童文學一〇〇

小冬流浪記

作者：謝冰瑩

插畫：王丁香

出版／定價： 1962,11,國語日報 1981,十版/45元

1986,3/130元

首先，讓我們的心靈，乘著文學想像的翅膀，穿越時空的隧道，讓時光倒轉，回到四〇年代的台灣，駐足在首府的台北都會區。一位年僅七歲名叫汪小冬的小孩，趁著家人還在熟睡，天還沒亮的時候，只因為不想再遭受後母的毒打虐待，悄悄的從一間違建的房門逃出，讓自己一步步的置身在冷冷的秋天的早晨，走向不知的未來。

在逃家、遊盪、自由卻必須忍受餓肚子，和回家、有飯吃但得承受後母虐待的猶豫衝突下，在白日和夜晚交替之際，繼續流浪是他最後的選擇。

這樣落單無依、毫無任何社會經驗、不知人心險惡、臉上載明徬徨與饑餓的初生之犢，招惹人口販子的覬覦，在糖果餅干的進攻、飽食三餐、噓寒問暖的謊言中，失去了設防的心，差點成為歹徒圖利的商品。幸好，小冬年紀雖小，智能可不小，終能巧計脫困，讓歹徒就法，重回自由懷抱，輾轉進入輔育院，再回自己家園。

但是，失去親娘疼愛的他，離家出走不但沒有讓後母產生任何的反省警惕，反而招來更尖酸的冷嘲熱諷。於是，再一次慘遭後母的毒打，又加上無法從續弦怕妻、委曲求全的父親那裡得到任何庇護與保障，汪小冬又逃家了。

這一次非常幸運的，汪小冬來到言太太家的庭院裡，在天性喜歡兒童的言太太照顧安排下，汪小冬儼然成為言家的一份子，享受了家庭的溫暖與幸福，結交了不少新朋好友，也順利得到就學識字的機會。而就在這時候，汪小冬的後母因買賣車票與人發生爭執被拘留在警局。言太太得知消息即前往探視並加以勸導，小冬的後母於此痛改前非，重新接納小冬及其家人。

《小冬流浪記》是一齣家庭的悲喜劇。悲的是一個年僅七歲的小孩，在不堪後母虐待即得逃家、流浪、遭受人間的各種險難。喜的是後母因故悔改，與小冬、小冬的哥哥和爸爸重新組合正常的家庭生活。

《小冬流浪記》也是一則感人的寫實故事。謝冰瑩女士以她個人的親生體驗，化身為故事中的言太太，不只為逃家的小冬找到一個新的家，進入育幼院就學，並且指引小冬的後母向善，使汪家重新組合新家庭。謝女士以她文學的素養，運用溫馨的筆觸，記錄她和小冬的生命片段，傳達了社會的溫情，在愛與被愛之間，洗滌寒「冬」的冷冽，終讓「春」回大地。（黃玉蘭）

奇異的航行

作者：黃海
插畫：蒙傑/龔雲鵬
出版／定價： 1984,9,書評書目出版社／290元
1993,6,民生報社／150元

科幻小說最早是針對未來所作的預言，泰半是為成人們所寫的，不過因為其中包含大量的想像、意外與趣味，符合了少年時期的心理需要，因此，為少年寫作的科幻小說也就應運而生了。《奇異的航行》是國內科幻小說作家黃海為少年朋友所寫的作品。這部作品，以嚴正的主題、豐富的想像敲開了洪建全兒童文學獎的大門。在成人文學世界還擾嚷著「科幻小說是不是文學作品」的當頭，黃海先生已用作品將科幻小說送入兒童文學的殿堂，厥功甚偉，不得不令人佩服。

　　本書是以探討人類究竟應如何處理日益嚴重的垃圾問題，以及生長在垃圾中的老鼠為核心的。故事裡，作者首先介紹了當時人類最終解決垃圾的方法是將垃圾山壓縮成一個小行星，送入外太空，由於上面種滿了樹木花草，因此被稱為「美麗島」，是太空中的綠洲，充滿了詩意的星球。島上住滿了受核戰後輻射塵影響而智慧大開的老鼠，就是所謂的「變異鼠」，靠著高超的智慧控制了機器人和電腦，建立了老鼠國的文化。

　　傳說牠們俘虜了人類的太空船，因此，人類派出了前鋒號，並且計畫在可能的情況下消滅老鼠國。這時又傳說太空城的少年們被老鼠國給俘虜了，引起了人們的再一次震驚，但少年阿英憑著聰明與冷靜，進入了老鼠國，這才了解老鼠們的心地是善良的，牠們利用自己的智慧，開創了一個屬於牠們的新天地。最後少年在正義感的驅使之下，飛往老鼠國，在千鈞一髮之際，挽救了老鼠們的浩劫。

　　這本書在豐富的想像背後所要討論的主題是非常嚴肅的，它是人性與鼠性、成人與兒童以及機器與人性的對比。透過這些對比，我們知道保有善良的本性，建立一個美好、安詳的世界，正是人類所要努力的方向。

　　而黃海先生的《奇異的航行》，為我們指出了一條和諧奮鬥的道路，讓我們虔誠的盼望，在深切的反省之後，由於彼此的努力，我們終將航向無限美好的世界。（吳聲淼）

臺灣
(1945～1998)
兒童文學一〇〇

再見天人菊

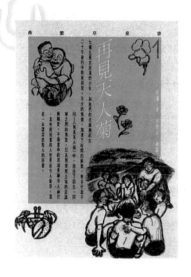
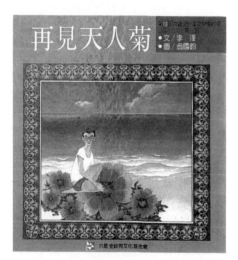

作者：李潼
插畫：翁國鈞/何雲姿
出版／定價：1987,11,書評書目出版社／120元
1993,2,自立晚報社文化出版部／160元

70

像許多典型的少年小說一樣，《再見天人菊》是一本主題意識相當強烈的作品。故事一開始，便藉由一位遠離家鄉的少年，為了遵守兒時的約定而在二十年後回到故鄉澎湖，展開一段心靈的追溯之旅。在追尋的過程中，我們看到一群家庭背景、個性、想法皆不同的少年，被工藝老師號召在一間簡陋的陶藝工作室中，學習如何做陶。這段時間的相處，有歡笑，有淚水，有歌聲，也有衝突。表面上他們在學習篩土、揉土、拉胚、上釉，但事實上他們學到的是「陶土裡的雜質要篩掉，要不，在將來的許多過程中，不是傷了自己，就是刺傷別人。」（頁78）；「不能以為『船到橋頭自然直』……想碰運氣，卻只有浪費時間。」（頁93）；「我們有接受意外的心理準備，但仍然不能放棄原先的計劃和控制。」（頁161）這群少年，就在學習做陶的過程中體驗人生況味，慢慢成長。他們不只從陶藝中學習，更從和同伴的相處中體會到尊重自己，也尊重別人；由和考古學家的接觸中了解到自己粗礪不起眼的家鄉竟然蘊含如此悠遠的歷史和豐富的文化，並油然而生起一股愛鄉土的情操。就是這份和同伴間的深刻情誼和對故鄉的眷戀，才使得這一群已跨進中年的「孩子」在二十年後仍然記得約定，聚集在一起。

少年的成長和對鄉土的熱愛這兩大主題貫穿全書。作者也各給了這兩大主題一個鮮明的象徵：陶土經由揉練、捏塑、烈火烘烤的過程中變成了具美觀和實用的陶藝作品，象徵這些少年的成長；而天人菊則象徵鄉土的美以及在粗礪環境下仍然頑強不屈的旺盛生命力。這兩個象徵在故事結尾合而為一，也就是工藝老師精心燒製的陶瓷天人菊。作者的匠心明白顯現，但並不讓人覺得突兀。

許多人不欣賞主題意識明顯的小說，認為這樣會減少閱讀的趣味。李潼的《再見天人菊》雖然也有同樣的情況，但是在字裡行間仍然有許多值得玩味及令人激賞之處，邀請讀者親自去領略。（洪曉菁）

臺灣
(1945～1998)
兒童文學一○○

老三甲的故事

作者：嶺月

出版／定價：1991,12,文經社／150元

───群年近六十的婦人，在一次不定期的同學會上，聊起初中往事因而促成此書，五十年前的真實故事於焉展現紙上。那是一個純樸的農業時代，敘述者阿丁就是作者嶺月的化身，從鹿港入城到彰化女中就讀。在一群來自鄉村與小城市的少女中，阿丁一開始便因為城鄉差距，使一向鶴立雞群的她頓時成了鄉下秀才，小蟲翻身前的心酸，心理描寫頗為細膩，她樂觀、好勝、好強的個性，其實也正與影響大家一生的「老三甲」精神隱隱相合。在老三甲班上，每個人都努力突顯自己，同時也團結爭取班級榮譽；他們不死背書，嗜讀課外書，順應興趣和特長自然發展；表現優秀而驕矜自滿，受挫時也反省自己。學校生活自然是全書著墨最多之處，除了各項榮譽競賽外，如全班共打毛衣送給沒冬衣穿的老師，推動愛心飯盒制度幫助同學，還有在廁所插花、編髮辮、書包吊飾等描寫，都具有強烈的女性心理特質。家庭、師生間的真摯之情，學校生活凝聚的淳厚友情，也就是「愛」與「情」二字，則是貫串全書的基調。本書是由不得人不去喜歡的，那是個單純良善的有情世界。

此外，因時代背景是台灣光復初期，如住宿生留有日據時前輩後輩的禮節遺俗，自訂講日語要罰錢做零嘴基金；學校聘的老師多半國語「不輪轉」，加上國語教材缺乏，學校只好辦一大堆競賽活動；同學素娥的媽媽贊成丈夫娶小老婆，引發阿丁與素娥的女權思考；學生奮力營救因白色恐怖入獄的師長等等，許多事件與台灣現況差異頗大，也是此書極吸引人一讀之處。

但這本書對我們來說，絕不僅止於是一本只供懷舊的對照記而已，歷久不衰的死讀書與惡補文化，始終無法定論的能力分班問題，與激烈競爭下漸漸喪失的友愛和合作精神，種種今昔之比，應能使讀者對目前的國中教育有另一番省思。（林宛宜）

臺灣
(1945～1998)
兒童文學一〇〇

少年噶瑪蘭

作者：李潼

插畫：蔡宜芳

出版／定價： 1992,5,天衛文化公司／230元

本書以特殊手法講述有關一個平埔少年潘新格，回到舊時光與先祖相會的奇異之旅。故事分成兩條線進行。

一條的時代背景在 1800 年，當時正是漢人進入蘭陽平原屯墾之初。加禮遠社屬噶瑪蘭人，加禮遠社的女巫之首呼吧，因女兒春天的失蹤而生病，不時看見一位少年的幻象和春天一起走回來。

另一條線的時間由 1991 年開始述說。少年潘新格和同班同學彭美蘭之間純純的愛戀，因彭身為廣告明星且她的母親有意栽培她成為大明星，使他倆之間阻礙重重。

兩條敘事線在起初似乎各說故事互不相關，慢慢兩條線的資訊彼此滲透，，讀者將看出相關性。例如：潘新格的腳指甲特徵；彭美蘭回憶起潘新格因別人罵他是「番」而打架的事件；呼吧在幻象中見到的少年分明在指潘新格。

故事之中，作者也描繪了噶瑪蘭人的真誠和天真、勤奮的性格，而這種性格使漢人屢屢欺負他們、侵佔他們的土地。固然潘一再地警告春天和巴布千萬不要輕易的把加禮遠社的土地讓給漢人，但噶瑪蘭人對待土地所持的不占有的態度，並不是警告就可以改變價值觀的，歷史還是歷史，什麼都無法改變。

本書自問世以來，即受到廣泛的注目與關懷，因為它的題材和技巧都十分創新，讚譽者有之，懷疑者有之。評論家傅林統在〈少年噶瑪蘭〉一文中認為其價值有：為台灣少年歷史小說開闢新路徑，對少年的戀情提出妥切的處理，為原住民代言，題材和技巧的創新。（詳見富春版《少年小說初探》，頁 241~251）（林芳妃）

小婉心

作者：管家琪

插畫：蔡宜芳

出版／定價：1992,6,天衛文化公司／190元

這本書的背景在中國大陸，故事敘述一個叫小婉心的女孩兒，因為抗戰的緣故，一生下來就跟奶奶和大伯到了貴州，住在遵義。小婉心從沒見過媽媽，她身邊除了奶奶、大伯，還有一個勤務兵王大同。而抗戰勝利後，小婉心隨著奶奶、大伯離開貴州遵義，回到南京。一家人團圓的日子理當高興，但是小婉心發現自己和媽媽及兄弟姊妹長得實在不像，而且媽媽對她總是很冷淡。而因緣際會下小婉心碰見一名神秘的婦人——宋阿姨——之後，使得她對自己身世產生懷疑：懷疑宋阿姨才是她的親生媽媽。但是小婉心只敢把這份疑慮放在心底，因為奶奶和大伯知道了小婉心見過宋阿姨之後，都發了好大一頓脾氣。但是小婉心更加堅定心中的決定：一定要查個水落石出。

當小婉心向宋阿姨求證後知道，自己真的是媽媽親生的。而宋阿姨是當年大伯娶的太太，只是不得奶奶歡心，兩難之下的抉擇，宋阿姨選擇離開大伯，獨自生活。一切真相大白後，婉心和媽媽與兄弟姊妹的關係開始改善。但是緊接而來吃緊的局勢和連串的戰役，使得婉心失去了大伯，而最後一家人不得不選擇離開南京去台灣。

作者以近代史為背景，撰寫動亂中時代兒女成長及悲歡離合的景象與感觸。場景從貴州、遵義到南京，再隨國軍退守台灣，小婉心這一路的旅程，就像一部活歷史教材。讓我們看見大時代的動盪及親情、友情的難能可貴。

故事中人物刻劃細膩成功是本書的特點之一。如剛愎、自私，卻又深愛孫女的奶奶；忠心、憨厚、老實的勤務兵；樂觀、勇敢、獨立的宋阿姨等。角色刻劃栩栩如生，使人宛如走回從前，走進歷史。（楊絢）

臺灣
(1945～1998)
兒童文學一〇〇

小英雄與老郵差

作者：馬景賢

插畫：馬景賢

出版／定價：1993,4,天衛文化公司／190元

「中華民國二十年，九月十八那一天，關東起狼煙。」國恨家仇交織的老郵差，每哼起這首曲子就淚滿襟。民國廿年九月十八日，發生了重大的歷史事件，日本人開始侵佔中國，史稱「九一八事變」，此後，中國展開了漫長沈痛的「八年抗戰」。在東北當兵時親眼看到日本人殘殺中國人，而恨透日本人的老郵差，因傷返回琉璃河鎮，在小鎮當郵差，每天挨家挨戶送信，並傳送戰爭消息。老郵差的兒子張大有則參加游擊隊，立志為國效命。後來，他參加青年軍遠征緬甸竟客死異鄉。抗日期間，像這樣被殺害的中國人、被拆散的家庭不計其數。

本書故事發生在八年抗戰後半期，北京市南邊的琉璃河鎮。小鎮在戰爭消息紛傳中渡過了耶誕節、農曆年、清明節，就在民國廿六年中秋節前幾天，小鎮被捲入戰爭，無辜的鎮民死的死、逃的逃。頑童趙大膽兒和家人走散，意外救了張大有，並由張大有帶入山中逃命，與家人及其他鎮民會合。其中，還包括美國人雷牧師帶來的五十多個失去家人的孩子。儘管雷牧師信仰的主耶穌和鎮民信仰的關帝老爺不一樣，但大家一條心，患難與共。

日本提出「大東亞共榮圈」討好中國人，大夥兒又回到小鎮。小鎮漸漸恢復往日生活。重新開學的關帝廟小學，增加日文課、喊「大日本皇軍萬歲！」的口號、國歌改了、國旗也改了。

趙大膽兒還幫助游擊隊員田久耕教訓強奪、蹂躪中國婦女的日本人，從此，日本人再也不敢在小鎮上找「花姑娘」了。

民國卅年，日本偷襲珍珠港，遭美國還擊，一年後，日本人退出中國。為日本人通譯的王老師終於洗清漢奸罪名，當選抗日模範英雄；愛國小英雄趙大膽兒也榮獲勳章，但人類為什麼要打仗的疑惑卻久久盤旋腦海。

歷盡戰亂，人事變遷，儘管勝利了，時局依然動盪，更多人被迫遠離故鄉，一別多年。本書作者馬景賢就這樣來到台灣，將這段戰亂中的童年經歷寫成感人肺腑的少年小說。（郭鍠莉）

臺灣 (1945～1998) 兒童文學一〇〇

落鼻祖師

作者：余遠炫

繪圖：洪義男

出版／定價：1994,5,天衛文化公司／190元

臉部烏黑，身旁肅立著「張、黃、蘇、李」四大部將的清水巖祖師爺，有著一個「落鼻祖師」的有趣尊稱。傳說中，每逢遇有天災人禍，「落鼻祖師」就會落鼻示警，提醒人們防患未然。大約在兩、三百年前，有很多人從大陸閩粵地區，冒險渡過波濤洶湧的台灣海峽，來到艋舺（也就是現在的萬華），展開新生活，於是「落鼻祖師」也隨著移民漂洋過海，落籍台灣。

只是，來自不同地區的移民，為了生意上的利益，時有爭執，甚至大打出手，也引發了激烈的械鬥事件，不但人員多有傷亡，祖師廟也慘遭焚毀的池魚之殃。

《落鼻祖師》一書即在這樣的歷史背景上，敘說活潑好動，一起捉蟋蟀、鬼屋探險、幫大哥哥大姊姊傳送情書的天真，但卻隸屬不同移民群落的少年安仔、阿龍、阿義的可貴友誼。同時，也描繪出因族群的紛爭而無法「有情人終成眷屬」的通哥和玉娘姊姊，那份淡淡的哀愁與感傷。

究竟是「落鼻祖師」的「落鼻」，衍發了這場歷史的悲劇？還是各為私利的「人禍」殃及無辜？在作者「古裝輕喜劇」手法下，用詼諧、歡樂包裝無奈、悲劇，讀者必能在笑中帶淚的情節中，更有一番深刻的省悟與體驗吧！

《落鼻祖師》是歷史的見證，透過少年主角生動的刻劃與演出，不但讓我們了解過去，掌握現在，更策勵未來！不要以為歷史是沈重的、枯燥乏味的，它也可以在輕鬆中鑑往知來。《落鼻祖師》就是這樣一本令人回味再三的好書，頗值得大朋友、小朋友一起共讀與珍藏。（郭鈴惠）

臺灣（1945～1998）兒童文學一〇〇

野孩子

作者：大頭春（張大春）
插畫：阿推
出版／定價： 1996,9,
聯合文學出版社有限公司／180元

從考卷不知被誰燒掉，為了逃開河馬主任的謾罵，「野孩子」開始他到街上混的日子。雖然「大哥」說：「越混你就會知道越多事情。你知道了什麼事情，就會變成那一種人。」聽起來簡單，但是，混就要習慣黑道尋仇、逃亡、還有蟄居在髒兮兮的旅館，以至於野孩子也想要回到學校，「那怕是回訓導處罰站都可以。」這是一個關於一位在學校混得不好、在街上還混得下去的「野孩子」侯世春的故事。讀者比較熟悉的張大春的成長作品尚有《少年大頭春的生活週記》、《我妹妹》等書。比之《少年大頭春的生活週記》的幽默與《我妹妹》的哀傷，《野孩子》更有著一股虛無與狂想的情調，讓人弄不清哪一部份是寫實、哪一部份又是虛構的。而如同張大春在他的《張大春的文學意見》一書中所言：「所謂『新聞小說』——一個被我發明出來的小說類型，其實只是一種試圖以『虛構』來編織『現實』、同時也用『現實』來營造『虛構』的記憶處理方式。」在本書中，也時爾交錯著新聞報導的訊息，其中的誇張與可笑，讓讀者感到事實受到新聞渲染的荒謬。

　　有趣的是，如同《我妹妹》一書中的角色塑造，主人翁侯世春也有一位「瘋狂」的父親。其實這樣的父親並不是真的瘋、或是在我們的社會中並不被稱之為「瘋狂」。然而，這位自以為是的父親，在一直講述著洗腦般的童話故事的過程中，幾乎快把人逼瘋了（在《我妹妹》中是真的把那位母親逼瘋了），殊不知真正瘋狂的是這位絮絮叨叨、而後卻棄家不顧的缺席父親。

　　「野孩子」侯世春的流浪旅程似乎沒有開始，也沒有結束。想要逃離的，或許是《麥田捕手》裡的叛逆小子侯登想逃離的「虛偽的成人世界」，但這一趟再回不了原來的地方，只是掉進一個更虛無的世界，或許只能暫時藉著狂想來填補心中的恐懼吧！張大春寫出了台灣新一代的成長文學，或許他們是虛無的、沈默的、或邊緣的，但他們的確以他們的方式存在著。（吳文薰）

臺灣 (1945～1998) 兒童文學一〇〇

我是白癡

作者：王淑芬

插畫：劉宗慧

出版／定價： 1997,5.民生報社／250元

書名：《我是白癡》，自序題目：〈他不是白癡〉。作者王淑芬為何這般書寫？你是否嗅出其中意涵？封面躍動著青春色彩的小丑，白圍兜怎麼少了「４」、「９」二字？拎著反印 ABC 手提袋的女孩，斜眼瞄著身後的大個頭，又流露出繪者幾番的補述？作者王淑芬就讀師範大學時曾想獻身特殊教育，卻因班上選課人數太少開不成組，無法圓夢。但，透過教師身份的細心觀察，及始終相隨的關懷，於是她以第一人稱主述的方式，化身為筆下輕度智障的國中生，透過文字，以三十個事件，串連起彭鐵男的居家和校園生活的點滴，寫成這部《我是白癡》。

　　總覺得彭鐵男大智若愚，說了好多很真卻也如針砭的哲理。當然，也有因認知誤差引起的笑點，更有真切感人、打抱不平的友誼，像多跑一圈的操場，送給肢障的好友；堅強、自信的「跛腳」屢屢仗義執言、打抱不平。文中形形色色的同學、老師和社會人士，其不同的對待方式和態度，正刻劃著複雜的人性；而某些特殊教育制度面、社會現實中的不足和疏忽，竟讓人有種心酸、苦悶的無奈。

　　作者雖未明言，但全書要傳達的意念應是：教育工作者實不該再區分「可教育性」、「可訓練性」及「養護性」等，因每位身心障礙者不管其程度如何，都應該被尊重、被接納，受到應有的照護及教養。並且，正視對他們的稱呼。畢竟，沒有誰有權笑人「白癡」，也少有人笑答：「我是白癡」。（廖素珠）

臺灣
(1945～1998)
兒童文學
一
〇
〇

我的爸爸是流氓

作者：張友漁

插畫：小凱

出版／定價： 1998,10,小兵出版社／200 元

人在一生中總會面臨許多事是無法由自己選擇的，例如你無法選擇由誰擔任你的老師、你的同學、你的兄弟姊妹、父母……。在某些情況下，你必須暫時面對你無法選擇的情境，有些時候，這個無法由你決定的事情則是一輩子也無法改變。當面對一個無法拒絕，又改變不了的事實時，怎麼辦？《我的爸爸是流氓》說的就是這樣一個故事。阿樂仔的爸爸在街坊鄰居的眼中是一個沒用的流氓，成天踩著拖鞋、嚼著檳榔，無所事事的到處晃蕩。除了不務正業外，他還成天想依靠賭博賺大錢，經常偷阿樂仔的媽媽開家庭理髮店所辛苦掙來的錢，阿樂仔的媽媽也因而常在家裡、街上和他扭打。面對這樣一個愛賭博、打架、欠債，甚至曾經因為殺人而被關的爸爸，阿樂仔的心中充滿了疑問。爸爸什麼時候才不再打媽媽？他為什麼不能像別人的爸爸一樣？他為什麼會是我爸爸？他為什麼要刺青？爸爸愛我和阿弟嗎？我愛爸爸嗎？……這些問題經常盤據在阿樂仔的心中。其實「大人都以為我們還小什麼也不知道。其實，我們心裏明白很多事情。」、「爸爸不知道我們受傷的心，卻不是那麼快就會復原的」。這樣的一個爸爸，讓阿樂仔有恨、有無奈。但是他也知道，至少他還有一個好媽媽。為了媽媽，也為了不想讓人看不起，他選擇努力用功，他選擇不自暴自棄。雖無法選擇有什麼樣的爸爸，阿樂仔明白至少他可以選擇當什麼樣的爸爸。

當阿爸看了阿樂仔那封勸他不要做壞事的信時，父子兩人緊抱著哭泣，阿樂在心中一直尋找的問題終於有了明確的答案：「不論他再怎麼壞，他還是我爸爸。」、「我愛我的爸爸，因為爸爸也是愛我的。」就因為父子之間難以抹滅的骨肉親情，在臨搬家前，面對留下新地址給阿爸，所有的生活都會重演，而不留給阿爸，就再也見不到阿爸的兩難。阿樂在內心掙扎與交戰中，還是勇敢的做出他的抉擇。

作者似乎透過阿樂仔告訴讀者，用積極的態度面對自己所能做的選擇，比起不斷埋怨無法改變的事實來得更重要。而全書細膩的描繪了阿樂仔對阿爸錯綜複雜的微妙情感與心情，讓人為之動容。（洪美珍）

臺灣
（1945～1998）
兒童文學一〇〇

寓言組

評選說明

　　藉這一次「台灣地區一九四五～一九九八年兒童文學一百本評選活動」，有機會來回顧並檢視這五十幾年來台灣兒童文學界在「寓言」寫作上的成果，意義非凡。

　　從候選的作品中，很容易可以就年代來分割討論。

　　五〇年代只有魏廉、魏訥合著的《兒童寓言版畫集》，這本書以嚴謹工整的創作態度，保存了寓言「簡潔樸實」的傳統風格。這個年代的兒童寓言，量雖少，品質卻很精良。

　　七〇年代，林鍾隆老師等一群積極熱心的兒童文學作家，亟思進一步為國內兒童創作「本土化、現代化」的寓言。他們強烈的企圖心令人敬佩，可惜，卻後續乏人。

　　八、九〇年代，台灣為兒童出版的寓言集，不管名號是「古典寓言」、「東方寓言」或「中國寓言」，幾乎清一色都是用現代白話文翻譯整理的「中國古典寓言」。其中名詩人向陽改寫的《中國寓言故事》（一九八六），把中國古典寓言「故事化」，可算是退而求其次的「另類表現」。一九九八年，更有洪志明老師的《一分鐘寓言》，將作品欣賞與思考教學相結合，雖具爭議性，卻堪稱「別出心裁，匠心獨運」。

蔡尚志

兒童寓言版畫集

作者：魏訥、魏廉
插畫：陳洪甄
出版／定價：1952,10,世界書局／壹角肆分

本書的作品，最能保存傳統寓言簡潔、樸質的風味。全書一共收集三十篇寓言，每篇文字非常簡潔，一般只有七、八十個字，最長的篇章也不過一百三十個字而已。篇幅雖然短小，故事敘述卻流利暢快、節奏整湊，了無冗詞雜質，理路清晰、寓意饒富情趣，能使兒童在短暫的閱讀中，享受到最大的喜悅，並且得到深刻的思想啟迪。

寓言的重心在「寓意」，寓言作品的藝術，表現在「揭露寓意」的手法運用上。魏氏姊妹在「揭露寓意」的技巧上，展現了四種手法：

一、由主角說出「醒悟事理」的話。〈團結最要緊〉、〈假面具〉、〈不認識自己〉、〈再來的更壞〉、〈忠心的狗〉、〈欺軟的怕硬的〉、〈栗樹的悲哀〉、〈臨死的懺悔〉等八篇，寓意中肯剀切，發人深省。

二、由反對角色說出「諷刺或教訓」的話。〈不自量力〉、〈變形不能變聲〉、〈驢和驢夫〉、〈不要只顧自己〉、〈好厲害的蠍子〉、〈誇口的燈〉、〈先下手為強〉、〈不自由的鴿子〉、〈象怕老鼠〉等九篇，寓意一針見血，簡扼而痛快。

三、〈畫水怎能解渴〉、〈酒瓶留香〉兩篇，最後以作者的結語「說出」寓意，既直接又深刻，毫不拖泥帶水。

四、以故事「深藏」寓意。〈認賊作父〉、〈驕傲的害處〉、〈說謊的牧童〉、〈顧不到小的〉、〈狐狸偷雞〉、〈誰的過錯〉、〈費力不討好〉、〈懂得甚麼〉、〈母雞生蛋〉、〈同歸於盡〉等十篇，必須看完整篇故事，才能真正了悟其中深含的寓意，寓意不疾不徐自然流露，不但藝術手法高明，也最能擴展兒童的思考空間。

全書每一篇寓言都搭配一幅精心製作的版畫，增強兒童思考的立體感，使

本書更有特色。（蔡尚志）

臺灣
(1945～1998)
兒童文學一〇〇

現代寓言

作者：林鍾隆等

出版／定價：1975,6,兒童圖書出版社／30元

現代寓言的結集出版，突顯了七〇年代台灣兒童文學作家，力圖為兒童創作本土化、現代化新寓言的「雄心壯志」。本書收集當時熱心兒童文學的二十六位作家的八十七篇寓言作品，在那個兒童文學還不是很被重視的時代，能出版這樣的一個集子，出版者和策畫主編者的「情意之深」、「味口之大」，實在令人再三感佩。本書最彌足珍惜的是書前那篇林鍾隆老師寫的〈序〉，主要在闡論現代寓言必須提倡的理由、內容的要件、應呈現的特色，可謂一篇深入淺出的理論指導文章，足以扼要而有效地引導小讀者把握閱讀欣賞現代寓言的要領。

　　主編者將全部八十七篇寓言，依寓意的重點分成四大類。第一類是寓意偏重在「知識、思想」的，列為〈智慧篇〉；第二類是寓意偏重在「做人做事的理念」的，列入〈品德篇〉；第三類，寓意偏重在「和生活所接觸的事物關係比較密切」的，編入〈生活篇〉；第四類，「別有寓意的，或文章的故事性比較濃的」，編入〈故事篇〉。

　　「現代感」是這本寓言集最大的特色。每位作者，都努力想擺脫《伊索寓言》的窠臼和影響，以現代的觀念去捕捉及鋪寫現代的題材，表現現代的精神風貌；敘述手法及篇章布局也力求別出心裁，立意視角更重視人文意識的觀照。可以說，這本寓言集是我國兒童文學作者一次破天荒的大膽嘗試，新鮮感十足。

　　正因為是「一次破天荒的大膽嘗試」，寫作技巧雖或不夠嫻熟，章法格局也不夠開放，這也是嘗試期難以避免的過渡現象。但是，總算為我國寓言的「本土化、現代化」邁出了意義非比尋常的第一步。（蔡尚志）

臺灣 (1945～1998) 兒童文學一〇〇

中國寓言故事

作者：向陽

插畫：陳裕堂

出版／定價：1986,2,九歌出版社／套書不分售

「寓言故事」，顧名思義，是將一篇簡扼短小的寓言加以「故事化」而寫成的作品。「寓言」的體裁，短小精悍。因為「短小」，所以雖然必須有一個故事，但卻寫得簡略粗疏，敘述個梗概而已，不求詳細，為的是要讓具有諷刺、教訓的「寓意」能夠儘快地、了無障礙地顯露出來；它的重點在寓意，而不在故事。把寓言「故事化」，雖然仍然保留原來的寓意，卻把重點轉移到「故事」上來：作者在寫作時，或許加強情節的曲折化、趣味化，或者深刻角色的刻劃，或者豐富人物的對話，使故事的藝術經營、欣賞效果凌駕於寓意，讓寓意隱藏於故事當中，隨著故事的鋪展而慢慢顯露出來。因此，寓言的故事是因寓意而設置，越簡略越好；寓言故事正好相反，它使故事的敘事鋪陳，開拓了更大的表現空間。

向陽先生的《中國寓言故事》，全書收集了三十篇分別改寫自中國古代典籍中人們耳熟能詳的三十個寓言。這三十個大家都很熟悉的寓言，它們的寓意都很明確，歷來的解讀早已沒有任何爭議，作者把握住這個原則，放手在豐富故事的內容、增進故事的趣味性上下功夫，寫出了一篇篇令兒童讀來淺顯、可愛的寓言故事。八〇年代以後的台灣兒童文學界，寓言的創作式微，在退而求其次的諸多「寓言故事」的改寫作品中，本書可以算是可讀性最高的一本了。

由於古代中國寓言的寓意，常常被約化成通俗的「成語」，作者在結集出版時，每篇故事後面又加了一段「成語引申」的短文，將相關的其他成語收羅編寫成一篇趣味短文，使小朋友在閱讀時，不知不覺中學會成語運用的技巧，這對他們的說話和寫作，一定會有很大的幫助。（蔡尚志）

臺灣
(1945～1998)
兒童文學一〇〇

作者：洪志明

出版／定價： 1998,5,小魯文化公司／160元

作者在開頭的短序裡就提醒小朋友：一分鐘很長，可以讀一篇寓言，從中學一點聰明人的智慧。由於作者是個教學經驗豐富、又很講究教學績效的資深小學教師，所以才能寫出這麼一本故事新鮮、內容別出心裁的書。作者很會講故事，所以一口氣為小朋友寫了三十四個短小有趣的寓言。從七○年代以來，這是國內獨一無二由個人獨力創作的寓言集。因為作者希望小讀者能在一分鐘內讀完一篇寓言，所以故事題材力求清新，行文節奏也相當明快，不但把握了寓言寫作的技巧，更展現了作者個人獨特的風格。

這本書尤其值得注意的特色是：作者在端出主道菜供小朋友大快朵頤後，還奉送了兩套頗耐咀嚼的「點心」──「一分鐘思考」與「一分鐘智慧」。前者就主道菜提出若干個相關問題，要兒童就寓言中故事發展的前因後果、人事地物彼此的關係，做一番縝密的「思考」；後者則是緊跟著寓意，引申提出另一個性質類似的事件，引導兒童做觸類旁通的推理。作者寫這樣的一本書，不僅在乎他「為兒童創作了些什麼？」更在乎他「能教會兒童些什麼？」從家長為兒童買書的心理來看，這本書可以說是「俗復大碗」！家長、兒童「咀笑目笑」，皆大歡喜，難怪書一出版就洛陽紙貴，短短一年的時間就印了五版。

總而言之，這本書兼顧了「創作與教學」的一貫性，體例完備，可說是一本點子很新的「兒童寓言教科書」。（蔡尚志）

臺灣
(1945～1998)
兒童文學一○○

　　坊間以「民間故事」為名的出版物不在少數，然而「民間故事」（包含神話、傳說）是不同於小說和童話的，它有許多傳承的條件和限制，以及它特殊的風格。

　　1.民間故事是產生於一般平民之間的，原創者已無法考證，它是屬於全民的創作，而不是個人的作品。

　　2.民間故事可以改寫、延伸、渲染。但如果將之「再創作」，使之脫胎換骨，灌注新精神、新意義，而對「民族的心靈」加以改頭換面，就已不再屬於「民間故事」的項目了。一般咸認，「格林童話」是屬於傳承的民間故事，而「安徒生童話」雖然有很多篇章取材於丹麥民間故事，卻另成一格為「創作童話」。這並不是優劣高低的問題，而是類型上的差別。我們認為既屬「民間故事」，它雖然經過不斷的改寫，但產生故事的民族 的文化、情感、思想上的種種特質仍應保存。

　　3.神話與傳說雖然經過歷代文人多方改寫，但仍保留其原典而有跡可尋。目前有些名為「傳說」或「神話」，卻不知其由來，幾近於杜撰的作品，此次均不列為「民間故事」（神話、傳說）項目評選。

　　4.民間故事原本是口傳的，很口語化的，但有一段時間經過文人的記錄，反而「文言化」了。如今以兒童文學的觀點來說，用簡潔、單純、有力的口語化表現，以突顯民間故事優越的特性，是應受到重視的事項。

　　民間故事跨於文學和民族學之間，既能作為民族性之探索，亦可供為文學的欣賞，因此改寫時應著力於原有特質的保留，並且賦之以藝術性與可讀性。也就是說在評選時，是著重於選擇具有文學價值的作品。

傅林統

鴨母王－台灣民間故事

作者：王詩琅

編者：張良澤

出版/定價： 1979,6,德馨室出版社/50元

1992,2,玉山社出版公司,書名為《台灣民間故事》,王灝

繪圖 /320元

每一個民族或文化都擁有其特色鮮明的民間口傳故事，在丹麥有安徒生，為這些故事留下永恆的面貌；在德國則有格林兄弟，而台灣的青少年亦何其有幸，有一位致力於發揚台人精神的王詩琅先生，將這些在台灣鄉土民間流傳一、二百年的人物傳說故事，用簡煉、親切的文字記述了下來。其中所呈現出來的，是迥異於西洋或中國文學作品的本土文學精神，是台灣兒童文學珍貴的資產，因此後人每讚譽王詩琅先生為台灣安徒生。《鴨母王》一書是由張良澤印編《王詩琅全集》中之卷一，全書由二十三篇獨立的小故事組成，原刊載於《學友》、《新學友》、《正聲兒童》等雜誌。書中所錄的，是許多人自童年時期，便從大人口中聽得耳熟能詳的人物傳說，例如會吃小孩的《虎姑婆》；重信重義的《七爺八爺》；只做了三日皇帝的《鴨母王》朱一貴；說謊成性、沒有好下場的《白賊七》；《神童救父》中以文才救了父親的郭成金；《義犬護主》中為了主人在戰場上壯烈犧牲的赤狗；《乞丐朋友》中命運迥異無法改變的太陽偏和枝無葉；胡作妄為、喜歡玩弄人家的邱罔舍、《紙姑娘》與《狐狸精報恩》裡「有恩必報」的溫情...等，也包含了著名的典故，如人家常說的台灣諺語「無某無猴」是源自怎樣的故事；猴子又為什麼會紅屁股....等。

　　《鴨母王》書中所載的民間故事，均以台灣的歷史、地理、人民情感為基礎，生動的呈現出當時台灣社會及台灣人的價值觀、道德信念與民族意識。例如，有許多故事都陳述了讀書人考取功名之後方才出人頭地、境遇轉好的情節，說明了當時社會普遍存在「萬般皆下品，唯有讀書高」的風氣；而對於「忠」、「義」、「信」、「孝」等人倫德行更有著直接、強烈的推崇，至於那些惡形惡狀的、說謊害人的人物也全都落得淒慘的下場，揭示了故事本身勸人為善的寓意，是教「做人」的良好範本。

　　閱讀這些由一、兩百年前的祖先口中流傳下來的民間故事，除了認識、瞭解我們代代生長的土地，也同時學習、吸收了這片土地上薪火相傳的思想傳統與文化精神。作為這一代的少年讀者，實在不可不讀《鴨母王》。(蔡佩芳)

臺灣 (1945～1998) 兒童文學一○○

有趣的地名故事

作者：羅欽城

插畫：潘金龍、劉建志、許麗華、林麗娟

出版/定價：中南部(一)1985,1 台灣文教出版社 /100 元

東北部(二)1989,3 台灣文教出版社/90 元

革新版壹套五本 1993,2 瑞光出版社 /無定價

這是一部從教育的理念出發的作品，「有趣」是它的手段。作者很在意的是如何滿足兒童的求知欲，並且怎樣吸引讀者的興趣。

一、從教育方面來說，它有如下特點：

1.尋根與愛鄉愛國：作者走訪地方父老，尋找各縣市文獻，研究史蹟源流，無非在尋根，同時以地名由來表示先人拓墾鄉土，建立家園的不易，以啟發鄉土觀念和愛國情操。

2.根植效尤先賢的觀念：作者透過對文中人物生動的描述，表達先人功績，以培養兒童效尤先賢的意念，達到樹人的教育效果。

3.編撰社會科補充教材：現代的社會科教學，應從社區、鄉土出發，地名由來就是最貼切的出發點，作者在此做了相當有價值的貢獻。

二、從文學方面來說：

1.行文簡潔通暢：作者以最少的字數，敘述、描寫最多的內容是值得讚美的，文詞容有些許不夠精確之處，但仍無傷大雅。

2.兼顧人與事的敘述與情景的描寫：每一地名均有其由來，且與人、事關聯，當然要敘述，難能可貴的是作者也兼顧人情風土、景色的描述。既為記敘，亦為描寫，更有抒情。

3.對地名的趣味雖然主要在「由來」，但它的演化以及現代的整體描述，更能使文章具備感性，閱讀本書有知性的滿足和感性的樂趣。

綜觀既作，是考証認真，資料訪求詳細，且以美好文筆呈現的「傳說」佳誦。唯仍然有遺憾的是各篇作品缺乏完整的故事性。(傅林統)

臺灣 (1945～1998) 兒童文學 一〇〇

台灣民間故事

作者：陳千武

出版/定價：1984,12.台灣省兒童文學協會/120元

陳千武的「台灣民間故事」，在眾多此類書中是相當有風格的。

一、它是寫給兒童看的：在這裡作者駕御的是「淺語的藝術」，同時也沒有忘記把故事的敘述趣味化。每則故事除了開頭立即顯出引人注目的事項或問題外，情節也逐漸推向高潮，以便造成戲劇化的效果。作者或許認為既然以兒童為閱讀對象，就必須有教育性，因此故事末尾總會提一提這兒有什麼含義或暗示，不過作者還是點到為止，留給讀者些許思考空間。

二、有民間故事的根源：作者在寫作中注入了相當多自己的體驗和思想，不過仍然掌握了民間故事或傳說的特質，有史地的背景，有流傳在民間的質樸的氣息。譬如基隆白米壺的傳說，有遺跡，有口傳的故事，作者不但把人物浮雕出來，也使故事更生動。

三、有藝術的手法：作者是詩人，遣詞用字，富於詩情詩意，雖淺白卻不失優美的藝術性。

四、有濃厚的鄉土味：既屬於民間故事，必然含有鄉土氣息，然而這本故事集鄉土味特別濃郁。那是由於故事產生於有歷史，有土地可考的鄉里，而且作者的體驗，作者的思維也以鄉土為根源的緣故。不管故事中的人、事、地、物，給讀者感覺就是這塊土地上所有的，也是我們生長的環境中發生的，淳厚的親切感和鄉土味。

(傅林統)

臺灣
(1945～1998)
兒童文學一○○

矮靈的傳說

作者：心岱

插畫：洪義男

出版／定價：1995，1，時報文化出版公司／180元

《**矮**靈的傳說》，從書名就很容易瞭解到這是一本『有背景』的小說。作者以賽夏族的矮靈祭歌為本，用流暢典雅的文字及精心設計的敘述架構來呈現賽夏族人與黑矮人之間的複雜情感。

小說主體共分為三個部分，以賽夏族青年朱春祥及朱冬光為主角所寫成。小說結構是現代—過去—現代，交錯的時空敘述正符合這個神話故事所要的氛圍。小說的第一部份：芒草紛飛的秋天。藉著朱春祥這個賽夏族青年的生活，生動描寫出賽夏族人的生活以及他們對矮靈祭的重視。而無意間救了朱春祥一命的豆阿布長老，則對他娓娓道來賽夏族人與黑矮人之間的恩怨情仇，藉著他們的對話與回憶，引出第二部分：傳說的起源。

這一部分分成八個小節，以賽夏族族長朱農伊的長子朱冬光為主角。講述朱冬光如何在無意間發現黑矮人具有驅趕百步蛇的特殊能力，進而向矮人求助。於是賽夏族人在黑矮人的協助下，學會驅蛇、趕麻雀，讓作物順利生長。同時也學習到許多歌唱舞蹈，彼此生活間的依存關係愈加密切。但是這樣和樂的相處卻因為黑矮人欺侮族內婦女而起了變化，甚至朱冬光所喜歡的女孩也因受辱而自盡。最後賽夏族人開會決議要滅掉黑矮人……。

第三部分：神秘的祭典。這一部分是透過朱春祥的觀察，讀者可以瞭解整個矮靈祭的詳細過程。在這部分，「歌」佔了不少篇幅，而且幾乎所有歌詞均以大自然產物為歌頌對象，這些歌展現了賽夏人與世無爭、敬畏自然的本性。矮靈祭歌的歌詞共分十六章。祭歌內容與其族人和矮靈的交涉有關，而族人對矮人抱有恩怨雙重心理，言詞多轉折停頓，亦為其特殊風格。

這本書的最後為讀者設計了簡單的語文遊戲，並附錄兩篇由張子樟教授和張志遠先生撰寫的關於本書的藍本「矮靈祭歌」的詳細介紹，非常有細讀的價值喔。（劉慧玲）

排灣族神話故事

作者：陳枝烈

出版 / 定價：1997,6,屏東縣立文化中心/無定價

《排灣族神話故事》是採集而來的傳統神話故事，文字很質樸，具有口傳故事的特質。作者遍訪屏東、台東兩縣的排灣族部落，收集部落中老人家口述排灣族祖先所流傳下來的故事。當中的故事都很簡短，透過這些短篇的傳統神話故事，我們可以知道排灣族的許多習俗以及禁忌的由來。神話傳說是先民智慧的結晶，在原始社會還無法用科學解釋許多自然界現象的時候，他們發揮了豐富的想像力觀察自然界的種種，在口耳相傳下很多有趣的神話傳說就流傳到現在了。

這本書共收集了46則的短篇故事，其中有16篇在敘述各種起源或由來，例如晝夜長短的起源、食物的起源、人類的起源、部落的起源等等。從食物起源的故事我們知道了「小米」取得的不易，也瞭解到排灣族人珍惜食物的的優良傳統。人類的起源在各個原始民族都有不同的解釋及傳說，排灣族的神話傳說認為人類的起源是一對兄妹在世界還是一片大水淹沒著的時候，漂到了大武山上，水退去之後只剩他們倆一起生活，後來成為夫妻並生下孩子，前面三代的孩子都是畸形兒，直到第四代才正常，這是天神對人類不可近親通婚的警告。46則故事當中，還有四則是寫到「蛇」（〈百步蛇、太陽、頭顱〉、〈百步蛇與美女之戀〉、〈女孩與百步蛇〉、〈人蛇結親〉）。在我們一般較熟悉的排灣族象徵當中，百步蛇幾乎可以說是其代表，看到百步蛇的圖騰就讓人想到排灣族。這幾則故事的內容很接近，多是講述百步蛇和排灣族女子的相戀故事。

原住民文化長期在漢人文化的強勢影響下，許多珍貴的文化資產已經或正在流失當中。本書作者鑑於原住民青年對本族文化的陌生與疏離，於是透過原住民伙伴的幫助，採集了許多部落老人家記得的神話故事，經過彙整、刪節，並修改為兒童可懂的用詞，編寫出這一本《排灣族神話故事》。希望藉由本書的呈現，讓原住民小朋友多瞭解一些自己的文化，同時也希望能開闊漢人的視野，珍愛在台灣一同生活的所有人。（劉慧玲）

臺灣（1945～1998）兒童文學一○○

兒歌組 評選說明

　　本次《臺灣兒童文學100》書目中，兒歌書目入選的共有十一本。它的產生經過及評選原則是這樣的：

　　首先是主辦單位的臺東師院兒童文學研究所，調查出臺灣光復以來，目前仍知悉的兒歌書目，共有《大白貓》等九十七本，然後印出來供問卷調查者圈選用，其次是主辦單位從收回的四百份問卷調查表中，統計出票數最高的二十本書進入複選，供評選委員評選。

　　此次兒歌組複選評選委員有兩位，一為洪志明先生，一為筆者。我們根據大會擬訂的評選原則：考慮時代性、世代性，又同一個世代同一個作者，以一本為原則，從入選的二十本書中，依民意（初選）高低，選出的作品如下：

　　六十年代作品：王玉川的《大白貓》，作者自印（現為國語日報社出版），出版於一九六四年十二月。

　　七十年代作品：華霞菱的《顛倒歌》，臺灣省教育廳出版，現為臺灣書店印行，出版於一九七○年五月。林良的《小動物兒歌集》，將軍出版公司，出版於一九七五年十月。

　　八十年代作品：謝武彰的《大家來唱ㄅㄆㄇ》，親親文化事業有限公司，出版於一九八一年八月。潘人木的《小胖小》，信誼基金出版社，出版於一九八五年一月。

　　九十年代作品：林武憲的《鵝追鵝》，臺灣省教育廳出版，現為臺灣書店印行，出版於一九九〇年四月。王金選的《紅龜粿》，信誼基金出版社，出版於一九九一年六月。林良的《林良的看圖說話》，國語日報社，出版於一九九七年七月。

　　在初選的二十本書中，像王金選的《指甲花》、《點心攤》，票數都很高，但是王金選在九十年作品中已有《紅龜粿》入選，因此這兩本只好割愛。同樣的，潘人木的《走金橋》等作品，跟《小胖小》同時代，也刪去。

　　複選出的書，共有八本。後來在全體評審委員會議中，兒童詩組的評審委員建議，將歸到兒童詩組的洪志明作品《星星樹》，國語日報社，一九九七年十二月出版，劃入兒歌組的入選作品去；增加馮輝岳的《逗趣兒歌我會唸》，臺灣省教育廳，出版於一九九六年四月；以及潘人木的《老手杖直溜溜》，臺灣麥克公司，一九九八年二月出版。在全體委員同意下，兒歌書目組共選出以上的十一本書。

　　　　　　　　　陳正治

 大白貓

作者：王玉川

插畫：王守齡

出版／定價：1964,12,國語日報社／12元

這本書是已過世的語文學家王玉川先生，在近七十歲時為兒童寫作的兒歌作品，全書共有五十首。六十年代初期，臺灣還少有高水準的兒歌作品，這本書在那時期，是很重要的著作。本書的內容多樣，有知識歌、故事歌、逗趣歌、生活歌、勸勉歌、抒情歌等。每一種兒歌，也都寫得很好。例如第二十五首的小白兔兒歌：「小白兔兒，尾巴短，滿地跑，沒人管。小白兔兒，耳朵長，怕狗咬，洞裡藏。小白兔兒，眼睛紅，不上眼藥也不疼。」介紹小白兔的外形特色以及習性等知識外，也寫出眼睛紅不是眼睛疼的趣味性。第三十一首的狐狸與葡萄的故事歌：「葡萄架，高又高，上邊兒弔著紫葡萄。紫葡萄，大又圓，個的個兒，香又甜。狐狸看見往上跳，跳了半天搆不到。搆不到，心不甘；不說自己笨，倒說葡萄酸。」在簡短的歌詞裡，介紹了狐狸想吃葡萄的原因、經過和結果。歌詞音韻和諧，故事轉折有趣，實在是不可多得的佳作。再如第四十首的螃蟹學樣兒：「小螃蟹，橫著走；誰見了，誰說醜。小螃蟹，學蛇走；走一步，扭三扭；蛇一看，說更醜。小螃蟹，學蛙走；不會跳，栽跟斗；蛙一看，說更醜。跟人學，真彆扭；又費勁，又丟醜；不如照舊，橫著走。」不但介紹了小螃蟹學樣兒的有趣故事外，還勸勉他人要發揮自己的長處，不必硬要模仿他人。這是故事兼具勸勉的兒歌。

王玉川先生的這本有趣、有益的兒歌，很重視語言的音韻美。每首兒歌不但押韻，而且注意平聲押平聲，仄聲押仄聲。例如第五首的「老黃狗，汪汪汪！不必問，餓得慌。給他東西他不挑，不用手拿用嘴叼：一根骨頭，光光光，沒有肉，也說香。」汪、慌、光、香等「尢」韻的字，都是平聲相押；挑、叼等「ㄠ」韻的字，也平聲相押。第八首的「只要睡得早，起得早，就會身體好，疾病少，而且年輕不老，沒有煩惱。」押韻字早、好、少、老、惱，都是押「ㄠ」韻的仄聲字。

由於王老先生寫作此兒歌已近七十歲，因此部分取材跟兒童的生活較遠。例如第三十首寫小媳婦嫁個不成材的丈夫，日子過不來；第五十首寫真正愛情沒有條件，絕不後悔等，跟兒童的生活離得遠些了，也許較不能得到兒童的喜愛。不過，這類兒歌的所佔比例不大，不影響全書的價值。（陳正治）

臺灣
(1945～1998)
兒童文學
○○

 顛倒歌

作者：華霞菱

插畫：廖未林

出版/定價：1970,5 台灣省政府教育廳

這本兒歌集，整本書只有一首兒歌，就是〈顛倒歌〉。這首〈顛倒歌〉的前半段，是由一個成年人對一個小孩子敘述一些與事實完全相反的事情，藉著這些與事實相反的事，來引發兒童讀者的興味。兒歌中提到：「水牛整天睡懶覺，公雞要唱催眠曲。」、「小雞啄了鷹翅膀，小羊齊把大狼捉。」、「偷兒嚇跑看家狗，老鼠咬了貓耳朵」，都是反面的述說，兒童閱讀到這些與平時認知完全相反的事情時，都會不由得高興得哈哈大笑。

兒歌的後半段，透過「顛倒的事兒錯又錯，小三兒會不會，把對的事情說一說。」這句話的轉換，敘述者立刻由成人轉換兒童。由於兒童讀者已經被挑起不小的疑惑，因此心底也樂意參與事實的揭露。當小三兒在兒歌中敘述事實時，兒童讀者的心中，也一定暗暗的參與情節的敘述。

兒歌中提到：「水牛耕田力氣大，公雞會唱早起歌。」、「老鷹要捉小雞去，大狼常把小羊拖。」、「好狗看家偷兒怕，貓捉老鼠笑呵呵。」等正確的事情，讓兒童的腦海中留下真正正確的印象，具有加強的效果。

透過這種一對一、一前一後、一正一反、先反後正、互相比較的述寫方法，兒童不但享受用另一種眼光來，以顛倒的角度，來看待事物的趣味；還能將事實的正反兩面放在一起，加以對照比較，發現事物的特點，加強印象；更重要的是，讀者的思辨能力，也因此提升了不少。(洪志明)

臺灣
(1945～1998)
兒童文學一〇〇

 小動物兒歌集

作者：林良

出版／定價：1975,10,將軍出版社／35元

《小動物兒歌集》是一本介紹蜈蚣、蟑螂、蜘蛛、壁虎等二十種小動物的外表特徵、動物習性的知識歌。它雖然是知識性兒歌，但是充滿了想像美。

例如〈蜈蚣〉的兒歌：「蜈蚣蜈蚣，你的樣子真兇！你滿身都是腳，到底一共有多少？你會給人打針，專用毒針害人。醫生打針能治病，你打的針要人命！壞心的傢伙沒人理，誰也不肯跟你在一起。」這首兒歌敘述蜈蚣的外表猙獰可怖，全身都是腳，以及會螫人致死的特性。這是介紹蜈蚣的外表和習性的知識。兒歌中把蜈蚣螫人，寫成蜈蚣用毒針害人；勸兒童不要接觸蜈蚣，寫成不要跟壞心的傢伙在一起。如此比擬，充滿了童趣，也充滿了想像美。再如〈蚊子〉的兒歌：「蚊子蚊子，你的嘴上有個小鑽子。扎到人的肉裡，疼得叫人生氣。你好像敵人的飛機，老是成群結隊來空襲。還好我有蚊帳，夜夜睡得很香。不怕你們進攻，讓你們急得發瘋。」這也是介紹蚊子習性，充滿想像美的知識性兒歌。

林良先生在這集兒歌裡的押韻方式，大致上採用「兩行一組押同韻」的韻法。例如〈蜈蚣〉的兒歌，第一行的尾字「蚣」，第二行的尾字「兇」同押「ㄥ」韻；第三行尾字「腳」，第四行的尾字「少」同押「ㄠ」韻。這種韻法較自由，也比較不傷害語言的自然，是不錯的押韻方式。

林先生的這本兒歌集，各首的句式，大部分採用不整齊句法的「自由式」寫作。例如〈蟑螂〉兒歌：「蟑螂蟑螂，你住的是人家的廚房。白天你不聲不響，夜裡你比誰都忙。你真髒，爬到碗裡去喝湯。你真壞，吃我們沒吃完的好菜。你身上一股臭味，誰聞了都會翻胃。好在我們有了電冰箱，再也不怕你這個臭蟑螂。」這首兒歌少的有三言、四言，多的有九言、十言的；組合也沒有規則。寫起來較自由、不呆板，但是這也是兒歌的缺點。因為句子雖然有參差的交錯美，但是不容易朗朗上口，兒童只能閱讀，不好背誦。（陳正治）

 大家來唱ㄅㄆㄇ

作者：謝武彰

插畫：董大山

出版／定價：1981,8,親親文化事業有限公司／250元

這是一本兼具語言、文學、知識的兒歌集，全書共有三十七首兒歌，按照注音符號由聲符ㄅㄆㄇ到韻符一ㄨㄩ的次序編排。文圖並茂，曾獲得國家文藝獎。每一首兒歌，針對某個注音符號，反覆提出相關詞語供兒童朗誦，以熟練該注音符號。例如〈奶奶喝牛奶〉的兒歌，針對「ㄋ」的注音符號編寫，反覆提出「奶奶、牛奶」等有關「ㄋ」的詞供兒童誦讀。〈七個小淘氣〉的兒歌針對「ㄑ」的注音符號而編寫。這種反覆出現相關詞語的安排，使本書成為很好的訓練注音符號的語言兒歌。

語言兒歌重視語言訓練，常常會缺乏文學性，本書卻沒有這個缺陷。以「ㄨ」韻〈鸚鵡〉兒歌來說。這首歌開頭敘述：「鸚鵡，鸚鵡，學說話，真糊塗。」這是全首歌的內容總提部分。其次敘述：「姊姊說：一二三四五。牠也說一二三四五。姊姊說：我不是鸚鵡。牠也說：我不是鸚鵡。」這是內容的分敘部分，也就是舉證部分。全首兒歌採用「總分式」的文學形式表達，具有文學味。至於「ㄠ」韻的「小小鳥，跳呀跳，吃棗子，吃紅桃。小小鳥，跳呀跳，飛呀飛，叫呀叫。」採用反覆技巧寫作，而且富有節奏美。整首兒歌同樣富有文學性。

這本兼具語言、文學、知識的兒歌集，插圖非常精美，並具童趣，相信每位成人或兒童，打開它後，都會被它的插圖深深地吸引而愛不釋手。（陳正治）

 小胖小

作者：潘人木
插畫：曹俊彥
出版/定價：1985,1 信誼基金出版社/套書不分售

《小胖小》是一本創作的「連鎖歌」，它和傳統連鎖歌一樣，靠相同的文字作為聯結的工具，串珠似的，把整篇兒歌連結在一起。它是由〈小胖小〉、〈小喇叭〉、〈花樹開〉三首連鎖歌集成的一本兒歌集。傳統的連鎖兒歌，由於連鎖的關係，由前文到結尾的接駁過程，常常受到人物的改變，或韻腳的改變，以致於出現主題轉換，情節零散，或是主題的焦點無法集中，前文不搭後意的窘境。

　　《小胖小》這本兒歌集，特別能摒除傳統的缺陷，把握焦點，統一情節，讓前文後意能互相配合，減少出軌的情形。像〈小胖小〉這首兒歌，雖然描寫小胖年紀太小了，學這個也不成，學那個也不成，一個工作換過一個都做不好，不過結尾在「乖乖回去做學生。」的主題下，彰顯一個人應該認清本分的意義。

　　而〈小喇叭〉這首兒歌，也是集中以一個剛睡醒的小孩子，很難討好的情形，作為統一的焦點，然後再細細的描寫一個方法換過一個方法，無論用什麼方法都無法討好他的窘境。

　　傳統的連鎖兒歌，十分具有趣味，一行一行的閱讀，可以享受到趣事隨意跳躍的喜悅；《小胖小》這本兒歌集，除了讓兒童讀者享受到傳統兒歌喜悅以外，還刻意讓轉換的過程和兒歌的主題相聯結，使得兒童能把握焦點，在快樂的遊戲中，捕獲兒歌的意義，獲得教育性的啟發。〔洪志明〕

鵝追鵝

作者：林武憲

插畫：郭國書

出版/定價： 1990,4 台灣省政府教育廳

這本兒歌集《鵝追鵝》總共由十七首兒歌組成的，十七首兒歌所描述的對象，都集中在動物身上。

這些動物的角色包羅萬象，有在空中飛的小蜻蜓、獨角仙；有攀著樹枝在半空中盪來盪去的小猴子；有在地上慢慢爬行的小蝸牛；有在土地下面鑽來鑽去的小蚯蚓；還有在水面上戲水的小鵝，在水底游泳的金魚；就連在森林裡大吼大叫的老虎，在草原上稱王的獅子也都有。幾乎陸海空的動物都包含在裡面了。

從上面羅列的項目，我們也發現兒歌中，從凶猛到溫柔；從大型到小型；從草食性到肉食性......各種特性的動物都包含在內了。不過不管是描寫大型的動物，或是描寫小型的動物；不管是描寫凶猛的動物，還是描寫溫柔的動物。整本兒歌集裡的動物，表現出來的行為都很溫柔。即便是凶猛的獅子，書中也只提到牠的頭髮梳得很漂亮；即便是凶猛的老虎，也只是叫牠和氣一點，「免得小動物都怕你」。

除了動物的種類和特性考慮得很周到以外，這本兒歌集最大的特色，就是能用有節奏感、有韻腳的語言，充分的把握住動物的形狀、樣子、生態，讓兒童在有韻味的聲調中，有趣味的小情節中，了解各種動物的習性。此外，兒歌中所用的語句，不但句法簡單、文字淺顯、每一句的字數至多也只有三五個字，非常適合低幼的兒童閱讀。(洪志明)

臺灣
(1945～1998)
兒童文學一〇〇

 紅龜粿

作者：王金選
插畫：曹俊彥
出版／定價：1991,6,30,信誼基金出版社／ 140元

這是一本以河洛語寫出的動物兒歌集。內容介紹臺灣兒童熟悉的鵝、鴨、雞、貓、狗、猴子、兔子等等動物的知識性、趣味性兒歌。可供兒童了解這些動物的特性，也可供兒童學習河洛語。全書共有二十首兒歌。

例如〈兔子食鑊鏟〉這首兒歌：「兔仔兔仔ㄆㄛㄆㄛ跳，跳去阿媽兜食鑊鏟。歸桌頂，逐項攏總有，那會無紅菜頭？」可讓兒童了解兔子愛吃紅蘿蔔，不愛吃兒童喜愛的雞鴨魚肉等豐盛的食物；也可讓兒童了解，請客要針對客人的需要，不是只考慮主人的喜好；更可讓兒童學會「食鑊鏟」、「歸桌頂」、「紅菜頭」等河洛語的詞語。

再如〈鴨〉的兒歌，敘述鴨子游水，用腳划水、搖動尾巴、潛水不用瞇眼睛的習性；〈大水牛〉兒歌，敘述白鷺鷥常跟水牛在一起的特性。讓兒童了解動物的知識。

王金選的兒歌，趣味性很高，語文性也很強。例如〈戇烏貓〉的兒歌：「戇烏貓，頭殼底石頭；不食魚，欲食柴頭；不掠老鼠，欲掠猴；暗時講欲曝日頭。」除了暗示貓的習性是吃魚、捉老鼠、冬天喜愛晒太陽外，採用反常的意外筆，敘述一隻呆貓，不吃魚，想吃木頭；不捉老鼠，想捉猴子；沒有太陽的晚上，卻想晒太陽的愚蠢行為，富有情趣。而在全首兒歌寫作上，語言的節奏採用押「ㄠ」尾韻的方式；結構採用「先總後分」的方式處理，富有語文節奏美和秩序美的特質。（陳正治）

逗趣歌兒我會唸

作者：馮輝岳

插畫：陳明紅

出版/定價：1996,4 台灣省政府教育廳

通常一個正式的運動會，都會舉行一兩種不同距離的接力賽跑。接力棒總是從一個選手的手中，傳到另一個選手的手中，由後往前，一直傳向終點。在前面跑的人，只要完成階段性任務就好了，未必要跑完全程。

好像在玩文字接力賽一樣，《逗趣歌兒我會唸》裡的文字，也是一個接過一個往前傳，傳到誰的手中就由誰來表演，直到最後才在高潮的地方結束。同樣的，在前面出現的人物演完自己的角色，便可早早下場，未必需要堅持到最後幕落時分。

這樣把文字當作鍊鎖，把所有的情節連成一串的兒歌，叫做「連鎖歌」。《逗趣歌兒我會唸》這本兒歌集中的兒歌，全都是這種連鎖兒歌。因此，我們可以在兒歌中讀到：太陽對小草問好，小草轉身對車子問好，車子載著小狗去洗澡，小狗跟白雲賽跑……等接連不斷的連鎖情境。

從這本書的名稱我們就可以看出來，這本連鎖歌並無意表現事情的真實情況，透過想像力的捕捉，作者力圖表現「逗趣」的情節。藉著種種好笑的、荒唐的、出軌的、不可能的情節，博「小孩子」一笑。

整本兒歌集中，也用盡了各種聯結的技巧，在〈小烏龜坐直昇機〉裡，作者利用「一二三四……」的數目字，當作連鎖的工具；在〈大風吹〉裡，作者利用設問自答的方法，當作連鎖工具；在〈小寶吃香蕉〉裡，作者用文字頂真的方法，來達到連鎖效果。整本兒歌集讀起來，不但變化十足，而且十分有趣。(洪志明)

臺灣
(1945～1998)
兒童文學一〇〇

 林良的看圖說話

作者：林良

插畫：林鴻堯・瑋瑋等

出版/定價：1997,7 國語日報社/200 元

這是一本圖文並茂的兒歌集。這本兒歌集裡，每一首兒歌，都搭配著一幅很精美的圖。整本書以彩色印刷，總共一百零七頁，每一頁都有一首精彩的兒歌。打破了一般兒歌集每一本大約只收集十五首、二十首的狀況。

書名雖然叫做「看圖說話」，可是仔細的品味其中的文字，我們發現它已經不只是一般的口頭語言了，每一句話、每一段文字、每一篇的情境，都經過了文學技巧的提煉，充滿了詩和歌的情趣。

不過，對小讀者而言，這卻是一本道道地地的「看圖說話」讀本，父母可以指導小讀者閱讀其中的文字，讓小讀者直接和文字互動；也可以讓小朋友先「看圖說話」一番，等和圖畫互動充足以後，再閱讀其中的文字，讓小讀者享受圖畫的驚喜以外，還能享受詩歌的樂趣。

書名叫做「看圖說話」，可見圖畫和兒歌的組合，應該是先有圖畫再有兒歌，不像一般的兒歌集通常是先有兒歌，再請畫家插畫，兩者創作的過程明顯的不同。對一個文字創作者而言，創作一首兒歌要受韻腳、節奏、文字量、文字的淺易程度拘束已經不容易了，現在還要受圖畫的內容拘束，當然就更不容易。不過，細細欣賞，我們卻發現這些兒歌並沒有被既定的題材綁死，每一首兒歌都還是一樣的鮮活靈動。

觀賞精美的圖畫，發揮思考能力以後，再搭配這樣富有情意和韻律的兒歌，對小讀者而言不異是一種充滿聲色情意的享受。(洪志明)

臺灣
(1945～1998)
兒童文學一〇〇

 # 星星樹

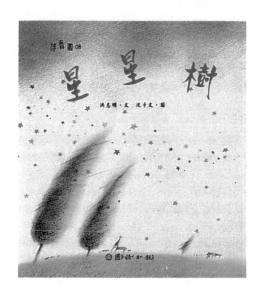

作者：洪志明

插畫：沈于文

出版／定價：1997,12,國語日報社／120元

《星星樹》這本兒歌集，共有三十首兒歌。內容大部分屬於生活兒歌，及知識兼抒情的兒歌。

例如〈吹泡泡〉的兒歌：「肥皂水／用手輕輕攪幾回／雙手捧起雲一堆／吸口氣／用力吹／彩色的泡泡滿天飛／」這是兒童吹泡泡的生活兒歌。〈量體重〉的兒歌：「不用秤／不用量／媽媽抱一抱／爸爸抱一抱／就知道／我的體重有多少／」這是享受父母之愛的生活兒歌。〈笑了〉的兒歌：「哥哥餓了／弟弟尿了／妹妹哭了／爸爸急了／媽媽說／我來了／我來了／大家都笑了／」這是兒童知道媽媽最懂得孩子心聲的生活歌。其他如〈拼圖〉、〈吹喇叭〉等等，都是生活歌。

〈木耳〉的兒歌：「老樹幹／長耳朵／小耳朵／聽什麼／聽風／聽雨／聽溪水／」聽聽／再聽聽／哪裡還有／好聽的歌聲／」這除了介紹木耳長在枯乾的老樹幹上，外形像耳朵的知識外，還抒發木耳的長相，是不是想聽外面風、雨、溪水和歌聲。這是屬於知識兼抒情的兒歌。再如〈星星樹〉的兒歌，敘述後院的一棵楊桃樹，樹上掛滿了楊桃。綠色的楊桃，味兒酸酸的；黃色的楊桃，味兒甜甜的。後院長滿了許多有滋味的楊桃。這也是知識的兒歌，但是作者採用「借代」修辭法，把楊桃樹稱做星星樹：長滿有滋味的楊桃，稱做長滿有滋味的星星。作者在序言中還提到，希望星星樹，能像天上的星星一樣，帶給孩子一些快樂的光芒和希望。在知識歌中，帶著濃厚的抒情，雖然略深些，但是一經成人輔導，兒童應也能了解。

這本含有詩質的兒歌，在表現上，常用「並列式」的結構寫作。例如〈樹上〉兒歌：「一隻鳥兒住樹上／好聽的歌兒輕輕唱／一隻鳥兒住樹上／小小的唱片放啊放／」以及〈鴿子〉兒歌、《梅花》兒歌等，都採用「並列式」結構。其他的兒歌，雖然有的不全是全首並列結構，但是也常是前二段並列。由於並列式的結構，富有反覆的律動美，因此全首兒歌，充滿語言的音樂美。（陳正治）

臺灣
(1945～1998)
兒童文學一〇〇

 老手杖直溜溜

作者：潘人木

插畫：曹俊彥

出版/定價：1998,2 台灣麥克股份有限公司/套書不分售

光看書名《老手杖直溜溜》就可以揣測到這本兒歌集和老人一定有關係。因為要拿手杖的人，年紀一定不小；而這根手杖又是「老手杖」，年紀當然不會太小。由於兒歌的指涉讀者，通常都是低幼的兒童，因此從書名以及兒歌的特性，我們就可以揣測出這本兒歌集的內容，一定集中在祖孫兩代之間的生活。翻開書頁，果然沒錯，每一首兒歌中，幾乎都流露出濃濃的親情，老少兩代之間彼此關懷的互動躍然紙上。

白天爸爸、媽媽去上班以後，家裡就變成了爺爺、奶奶和小孫孫的天下：他們吃飯在一起，睡覺在一起，遊戲在一起，走路、唱歌、工作都在一起……一天二十四小時時時刻刻都相處在一起。而這種共同的生活經驗，就變成了寫作的最佳題材。

因此，整本兒歌集流露出濃濃的祖愛孫、孫愛祖的親情，祖孫互動時快樂滿足的情緒躍然紙上。例如在〈在接龍的下午〉這首兒歌中，因為小孫孫和奶奶玩了一個下午的接龍遊戲，使得奶奶竟然忘了筋骨的痠痛。兒歌中寫道：「這下雨的下午，治好了奶奶痠痛的筋骨。」

在〈好久〉這首兒歌中，作者刻畫小孫孫和奶奶並沒住在一起，因此他們見面時，便留露出一種難以形容的快樂心情。兒歌中說：「嘩啦一聲門打開，奶奶走出來，笑得嘴歪歪。」

為祖孫之間的互動，寫一本兒歌集，而又能刻畫出這麼濃郁親情的兒歌集實在不多。讀它，我們會發現許多我們已經遺失的感動。(洪志明)

臺灣
(1945～1998)
兒童文學一〇〇

童詩組
選書報告

　　兒童詩在台灣，有一段輝煌的歷史：七、八〇年代，是台灣兒童詩的鼎盛時期，遂成其為台灣兒童文學的「主流」地位的文類。九〇年代起，才由童話、少年小說和繪本（圖畫書）所取代。

　　從台灣光復後，或自一九四九年國民政府遷台起，楊喚為兒童寫詩及其成就和影響，可稱為「第一人」；之後有王蓉子，但她出版了《童話城》，就未再寫作童詩。為兒童寫詩、教兒童寫詩，到六〇年代末，黃基博是一個代表人物；在七〇年代初，開始為兒童寫詩的，除了原先就為兒童寫詩的兒童文學作家林良、林鍾隆、林武憲、馮輝岳外，大多是新崛起的一代，如曾妙容、謝新福、風美村（黃雙春）、陳木城、陳玉珠、林加春、杜榮琛、洪志明、李國躍、林美娥、林建助、方素珍、褚乃瑛、羅悅玲、夏婉雲、劉正盛等，另外還有一支現代詩人陸續加入，包括詹冰（詹益川）、謝武彰、趙天儀、渡也、詹朝立、林仙龍、沙白、薛林、舒蘭、羅青、蘇紹連和筆者等，而這些兒童詩作家，大都與當時設置的洪建全兒童文學創作獎有關，他們大多得過該獎項的兒童詩獎。

　　在兒童詩鼎盛時期，兒童詩集的出版也自然形成一種風潮，從最早一九六七年二月出版的王玉川的《兒童故事詩》起，到目前為止，台灣兒童詩集（含選集），已有一百二十餘本以上。在這一百多本童詩集中，經過這次「票選」，提供給本組參考的入圍書單，共有二十一本；依得票數多寡排列順序如下：楊喚《水果們的晚會》、林良等《童詩五家》、林煥彰《妹妹的紅雨鞋》、林煥彰編選《童詩百首》、陳木城等編選《國語日報童詩選》、林良《林良的詩》、洪志明

《星星樹》、林武憲《兒童文學詩歌選集》、林煥彰《我愛青蛙呱呱叫》、羅青《螢火蟲》、王蓉子《童話城》、方素珍《娃娃的眼睛》、陳木城《心中的信》、林武憲編選《小河唱歌》、杜榮琛《稻草人》、林煥彰《小河有一首歌》、林良《動物和我》、王金選《彩虹的歌》、林煥彰《童年的夢》、黃雙春等《有翅膀的歌聲》、林鍾隆《我要給風加上顏色》：其中洪志明的《星星樹》屬於兒歌，轉由兒歌組處理，餘二十本依照主辦單位規畫配額兒童詩集應選出十本。經過討論後，各組委員都有下列幾點共識：

　　一、選集刪除。

　　二、同一位作者在同一個十年代中，只選一本。

　　三、得票數列為重要參考。

　　四、如有遺珠，不在入圍書單者，各組可推荐提委員會討論後決定之。

　　依以上四點共識，本組除就原有入圍書單圈選十本外，另推荐以下三本：黃基博‧謝武彰合集《兒童詩集》、謝武彰《我們去看湖》、詹冰《太陽‧蝴蝶‧花》合為十三本，提交全體委員討論，最後通過保留十一本童詩集，成為「台灣兒童文學一○○選」入選作品。其中《童詩五家》、《我們去看湖》，依第一、二點共識為由被否決了。

　　　　　　　　　　　　　　林煥彰

童話城

作者：王蓉子

插圖：趙國宗

出版／定價：1967,4,教育廳／70元

《童話城》可以說是台灣出版的第一本兒童抒情詩集，也是第一本童話詩集。因為楊喚的《風景》、《楊喚詩集》，並不是以兒童讀物的面貌出現，而王玉川的《兒童故事詩》是敘事性的寓言詩。作者是台灣女詩人中第一位出版詩集的，她是國內早期的兒童詩推動者，曾獲國際婦女文學獎和國家文藝獎等。

　　這本特地為小朋友寫的《童話城》，有二十首詩，分為三輯。第一輯寫的是一般常見的事物，如母雞、木馬、小白兔、井、中秋節、小弟弟和小皮球、寂寞的咪咪、囡囡的夢、傘和蕈等。第二輯寫的是自然現象，歌頌大自然的，如〈太陽的節日〉、〈月〉、〈會變顏色的衣料〉、〈寫海浪〉、〈星〉、〈孩子們的四季〉、〈風的長裙子〉。第三輯是童話詩，除了一百二十行的〈童話城〉外，還有一首〈童話湖〉。

　　蓉子寫小白兔「快如一道白色的閃電」，寫井「是小青蛙做夢的好地方」。她說太陽「坐在閃光的金黃色馬車裡／把歡樂、溫暖和彩色沿途贈送」「他把紅色分給小花朵／綠色分給原野和林木／但他把最多的分給兒童／她給孩子們各種顏色的彩衣／健康的小臉和一顆歡樂的心」。她說「春風穿著最軟的裙子／用溫柔的手／為大地鋪上翠綠色的毯子／使花朵們都快樂得笑了起來／使我們居住的世界／變得又美好又可愛！」

　　《童話城》有抒情詩，有童話詩，從六行的小詩到一百二十行的長詩，有多方面題材和寬廣的視野，語言清麗，有甜美的韻律，表現了可愛的、充滿生命力和色彩的大自然，也顯示了她不凡的功力與魄力，實在是一本很精彩的童詩集。

　　讓蓉子帶小孩子、帶失去童心的大人去遊歷「童話城」吧。

（林武憲）

臺灣 (1945～1998) 兒童文學一〇〇

兒童詩集

作者：黃基博、謝武彰

插畫：趙國宗

出版/定價：1975,4,洪建全教育文化基金會/35元

洪建全教育文化基金會於一九七三年二月，宣布設置「洪建全兒童文學創作獎」，並公開第一屆徵稿，包括：少年小說、圖畫故事、詩歌等組，這本《兒童詩集》，就是第一屆「詩歌組」第一名的得獎作品，由黃基博、謝武彰兩位合得。

本詩集計分兩輯，第一輯「媽媽的心」，是黃基博的作品，含〈媽媽的心〉共十八首；第二輯「春」是謝武彰的作品，含〈春〉共十八首。作為輯名，都可視為他們兩位得獎作品的代表作（或風格），謹舉原詩為例或可得到較具體的說明：

「兒女無心的話，／像一根根的細針；／媽媽的心，就變成了針插，／插住了各式各樣的針。」（〈媽媽的心〉）

「清晨他急忙地跑來／指著牆上一個個的／暈問著我：春怎麼顛倒了？／春怎麼顛倒了？／／我告訴他拿鏡子看窗外／他大聲地喊著：／啊，花開了草綠了／蜜蜂也開始工作了／春天到了，春天到了」（〈暈〉，原詩四段共十八行，此節錄為第三、四兩段。）

黃基博和謝武彰的得獎作品，有很多相像的特色：

一、語言相像：都能使用流暢的「口語化」的語言。
二、題材相像：都能選擇日常的「生活化」的題材。
三、想像相像：都能動用純真的「兒童化」的想像。
四、機智相像：都能表現有趣的「幽默化」的機智。
五、明朗相像：都能利用簡單的「技巧化」的明朗。
六、情意相像：都能表達合理的「人性化」的情意。
七、親情相像：都能釋放感人的「溫柔化」的親情。

據說，應徵參加第一屆洪建全兒童文學創作獎詩歌組的作品，有一六〇餘件，每件規定必須二十首；黃基博和謝武彰的得獎作品能從應徵的三千二百餘首中脫穎而出，並且以當時台灣童書出版印刷條件來說，這本《兒童詩集》請專家插畫、以雙色套印的方式出版，的確引起不少有意寫作童詩者的羨慕，同時也成為往後歷屆應徵者寫童詩的主要參考範本，為台灣兒童詩的發展，提供了示範的作用。（林煥彰）

臺灣
(1945～1998)
兒童文學 一
〇
〇

妹妹的紅雨鞋

作者：林煥彰

插圖：劉宗銘

出版／定價：1976,12,純文學出版社／70元

1991,1,富春文化事業股份有限公司／150元

《妹妹的紅雨鞋》於1978年得中山文藝獎，於1985年11月印行第五刷，是一本受歡迎的詩集。本書的得獎，使作者許願，要將後半生獻給兒童文學事業。

童詩，是林煥彰心靈的故鄉。《妹妹的紅雨鞋》有四十首，分成五輯，第一、二輯寫小妹妹的紅雨鞋、圍巾、新衣服，說的話。寫孩子的心願、生活與大自然。第三輯寫媽媽，第四輯寫春天、日出、影子等，第五輯寫小動物。他用孩子的眼睛來看事物，用孩子的心來體會生活中的一切，再運用想像力寫成這本書。

作者擅用比喻、反覆、對照、擬人，表現方式多樣。隔著玻璃窗，看妹妹的紅雨鞋：在屋外游來游去「像魚缸裡的一對紅金魚」。寫〈蟬〉，「一到了夏天／樹都變成了／會唱歌的傘」〈春天〉裡的小黃花「是春天閃爍的腳印／像許多金色的小鈕釦／鑲滿了大地的新衣裳」。形象都很鮮明，有新的感覺，也有新的發現。

我們來看〈影子〉「影子在左／影子在右／影子是一個好朋友／常常陪著我　影子在前／影子在後／影子是一隻小黑狗／常常跟著我」一、二節是對稱的，加上押韻自然，富有動感，從視覺上和聽覺上都能給人美感，實在很難得。

本書的語言淺白流暢，有甜美的韻律，又有童趣，難怪能得到許多讀者的共鳴。「純文學」結束後，富春文化公司發行中英對照版，對剛接觸兒童詩的小朋友，本書可能是較好的入門讀物。（林武憲）

臺灣
(1945～1998)
兒童文學
一
〇
〇

水果們的晚會

作者：楊喚

插畫：夏祖明

出版/定價：1976,12, 純文學出版社/35 元

這本童詩集，共收錄楊喚的童詩十八首，由林良先生寫序──〈楊叔叔的詩〉：序文一開頭就引了小學國語課本第四冊收錄楊喚的詩〈家〉其中四行：「弟弟妹妹最幸福，／一生下來，／爸爸媽媽就準備好了家，／讓他們安安穩穩的在家裡長大。」稱讚楊喚把家寫得多美，多好；並肯定楊喚喜歡給小孩子寫詩，他是一位愛小孩子的詩人。序文中還簡要的介紹楊喚的生平和貧苦的童年。

在台灣現代詩人中，楊喚的童詩，是第一位被收進國小、國中國語課本的，也是最多的一位；而且，已經逝世了四十五年，他的詩還不斷被人提起，或朗誦，或引用，或賞析，或導讀、研究……。

楊喚的的童詩，最大的特色是，童話意味很濃，每一首都能緊緊捉住孩子們的心；在這本詩集中，即使是最短的〈小螞蟻〉和〈小蜘蛛〉（都只有八行），也一樣充滿了童話的意味，令人深深著迷。

從1949年以來，在台灣專意為兒童寫詩的現代詩人中，而且又寫得最受歡迎的，楊喚應該屬於第一人；他的童詩，從1949年起，到1954年3月7日不幸（註一）逝世為止，大都發表在中央日報兒童週刊版；在這本《水果們的晚會》中的十八首童詩，最早是收在楊喚過世後不久，朋友們為他整理出版的一本詩集──《風景》（註二）中；當時是以「童話」為名，和他的現代詩作品隔開來處理。

在七、八O年代，台灣童詩發展最鼎盛時期，楊喚的兒童詩是發揮了很大的示範作用；為了台灣兒童詩的推展，布穀鳥兒童詩學社還以他的名義，設置「楊喚兒童詩獎」（頒發三屆），之後又由謝武彰、陳木城、杜榮琛、歐陽林斌和筆者，共同成立楊喚兒童文學獎基金管理委員會，頒贈「楊喚兒童文學獎」（每年舉辦一次，今年為第十二屆），足見楊喚以他的童詩作品，在台灣兒童文學界所產生的影響和受人尊敬之一斑。（林煥彰）

附註：

一、楊喚為趕看一場勞軍電影《安徒生傳》，因雨天路滑，不幸在台北西門町平交道跌倒，被火車軋死。

二、《風景》現代詩社、1954,9,初版。1964,9,光啓出版社另以《楊喚詩集》印行，洪範書店印行的《楊喚全集》（上、下冊）也收了這十八首童詩。

臺灣
(1945～1998)
兒童文學一○○

太陽・蝴蝶・花

作者：詹冰

插畫：張雲蓮

出版/定價：1981,3,成文出版社 /

1984,3,水牛出版公司 /100元

這本童詩集，分成二輯，第一輯「生活篇」，第二輯「動物篇」，各三十首。詹冰先生主要的童詩作品，差不多都收在裡面。

詹冰是「跨語言的一代」（註一）的知名現代詩人，他什麼時候開始為兒童寫詩？在這本書的〈作者的話〉中，他說「已有六年多的時間了」，那就和洪建全兒童文學創作獎的徵稿有關，他有一首很多人都喜愛的〈遊戲〉，就是獲得該獎童詩詩組的首獎之一（註二）。其實，據我所知，詹冰年輕時在日本求學以日文寫作的部分作品，後來自譯成中文，如收在本集中的〈插秧〉、〈雨〉等。

對於什麼是「兒童詩」？詹冰有很好的說法：「我認為『兒童詩』就是兒童可以欣賞的詩。」他很重視兒童詩必須是詩，也應該是一篇完美的詩。並且強調，兒童詩的作者，要有「詩心」、「童心」、「愛心」，更重要的還應該「無心」（虛心）。

詹冰是一位「理知型」的詩人，他絕不濫情，但又蘊藏著豐富的感情。在他「生活篇」的詩作裡，更表現了「詩心」、「童心」、「愛心」、「無心」的情趣美。這裡舉其中三首為例：

「小蜈蚣說『爸爸，新年快到了／我要買鞋子。』／蜈蚣爸爸說：『你要我的老命是不是！』」（〈蜈蚣〉）

「有人在嗎？原來是沒有人住的／好可愛的小房屋／／好清潔的小房間／牆壁在發亮／在裡面讀書多好呢！」（〈貝殼〉）

「找不到媽媽的／小麻雀好可憐／在屋頂上／啾，啾，啾……／在我的心坎裡／啾，啾，啾……／趕快拿擴音器給牠吧！」（〈小麻雀〉）

詹冰的詩（包括他的現代詩），是冷靜的、機智的，讀者比較難從他得到繁複的「音樂感」，但詩的另一項「繪畫性」，卻非常突出，如〈山路上的螞蟻〉、〈插秧〉、〈雨〉（註三）等，都是以「繪畫性」強、意象鮮明而又富有獨創性。

詹冰不以寫童詩為名，但他以平淡、自然而認真的寫詩精神為兒童所寫作的詩，卻令人激賞。（林煥彰）

附註：

一、「跨越語言的一代」是對受日文教育，曾以日文寫作；台灣光復後，改用中文的詩人的稱謂。

二、詹冰本名詹益川，〈遊戲〉一詩就是他以本名應徵洪建全兒童文學創作獎徵稿的作品之一。

三、文中所提詩作及篇目，均收錄在本詩集裡。

臺灣
(1945～1998)
兒童文學
一〇〇

娃娃的眼睛

作者：方素珍

插畫：趙國宗

出版/定價：1984,9,書評書目出版社/190元

1995,1,國語日報社 /170元

《娃娃的眼睛》是第十屆洪建全兒童文學創作獎兒童詩類第一名的得獎作品，也是一本看起來平淡，咀嚼起來卻頗有韻味的作品。

寫詩時，我們常常會使用很多技巧，以便表達內心的感受。不是使用比喻法藉此喻彼，就是運用擬人法，賦予自然界的事事物物人的性格；不是把人擬物讓人具有物性，就是誇大事物的特性；否則就是詩裡充滿各種奇怪的想像。

可是，《娃娃的眼睛》這本童詩集卻擺脫了一般寫詩的技巧，盡量按照實際的情況、實際的景象來描寫，把詩寫得平平淡淡的，放棄雕琢，可是從平平淡淡的文字中，我們卻讀出了濃濃的詩味。

為什麼平淡的文字，卻能傳達出濃厚的情味呢？仔細的閱讀每一首詩，我們就會發現原來詩中表達的情境，不是充滿了民胞物與的精神，就是充滿小朋友內心有感而發的情緒，否則就是表達了濃濃的親情。

而這些體貼親心、體貼朋友、體貼萬物的情緒，以及自己內心對生命的各種感受，本來就具有濃濃的詩味，只要直接還原成原來的感受，即便不刻意雕琢，不使用特殊的寫作技巧，也能呈現很感人的詩意。

因此，在〈輸贏之間〉，作者就成功的刻畫出：沒做完功課、沒背好課文的小讀者，心虛得「躲著老師銳利的眼光」的痛苦。而，在〈『愛』這個字〉裡，讀者也體會出愛不是掛在嘴巴上，而是透過行動來表現的。詩集中，作者不是用技巧，而是以感人的事實來呈現詩意。（洪志明）

臺灣
(1945～1998)
兒童文學
一○○

心中的信

作者：陳木城

插畫：龔雲鵬

出版/定價：1986,4,書評書目出版社/110元

1994,11,國語日報社/170元

《心中的信》是第十二屆洪建全兒童文學創作獎兒童詩類第一名的得獎作品。這本詩集和歷屆的得獎作品、甚至於和台灣有史以來出版過的所有童詩集比較起來，都不一樣，是一本勇於挑戰傳統，突破窠臼的兒童詩集。

詩集裡面的詩特別考究文字的編排，或排成「凸」字的形狀，或排成「凹」字的形狀，或排成電線桿拉著電線桿的形狀，或排成一艘小帆船的形狀，或排成一張打瞌睡的臉……等等不一而足，讓讀者望圖就可以引發想像，是一種很典型，又很突出的圖象詩。在台灣所出版過的詩集裡，專門以圖象詩為特色，出版成書的詩集，到目前為止，這可能是唯一的一本。

圖象詩雖然是以象取勝，不過整體而言，詩中的情意還是比圖象來得重要。刻意為之，以文字來排列詩的形狀，並非難事，可是如果要掌握其情境，讓圖象和情意能互相彰顯，就不容易了。可貴的是，這本詩集中的每一首詩都具有特殊的情意，而詩中的圖象，也都能充分彰顯詩中的情意。

一種實驗性的作品，想要一下子就達到某一種顛峰，不太容易。前輩作家往往是晚輩作家的踏腳石，踩著踏腳石，晚輩作家才能更上一層樓，為社會添加新的資產。

這本詩集中的圖象詩，不但開風氣之先，並且把圖象詩的水準拔高到一定的高度，可惜的是後繼無人，沒有人繼續在這方面耕耘，以致多年來圖象詩未有新的發展。（洪志明）

螢火蟲

作者：羅青

插畫：羅青

出版／定價：1987,4,教育廳／70元

《螢火蟲》是一本想像豐富、新奇、俏皮的詩集，詩人寫貓、寫螢火蟲、寫蝸牛、寫汽水、寫露珠、寫黑雲、也寫白雲吞月。寫酒瓶椰子，也寫枯樹。寫農夫、寫寄生、寫塔、寫星星跳下屋簷，在水缸裡游泳。我們從詩的題目就可以嗅出一種特別的「鮮」味。——〈臭老貓〉、〈汗落成米〉、〈枯樹的歌〉、〈人行道風波〉、〈山上一座叮叮噹噹的小紅塔〉、〈我發明了一種藥〉。詩人就像個「喜歡表演高難度特技的空中飛人」。

羅青怎麼寫農夫：「農夫的手／為稻子／流滴滴的汗　稻子的心／為農夫／結粒粒的米」。他喜歡用擬人化的手法，把汽水、星星、黑雲、樹，都當人來看、來寫，寫得很有童趣，很有情趣，也很有理趣。他寫汽水「跟你握握手／你就冒氣，請你脫脫帽／你就生氣」。他寫〈避暑〉「連藍藍的天／都懶懶的／躲進了森林／躲進森林中的湖水裡去了，在那水做的鏡子裡——／有魚兒在雲中飛進飛出／有鳥兒在水中游來游去」，構思巧妙，筆觸輕靈，語言鮮活，語音的趣味，無理的巧妙，令人叫絕。

〈我發明了一種藥〉是一首近九十行的長詩，寫他帶著發明的藥去探險，讓老虎身上的花紋掉落，使鯊魚皮縮水，使石頭變小，最後跳上月亮，飛到星河裡，十分引人入勝。

羅青能詩擅畫，曾獲第一屆「現代詩獎」、「雄獅藝術雙年居水墨獎」，荷蘭「鹿特丹國際詩人推荐獎」，這本詩集每首詩都配上他自己畫的水墨畫，柏得益彰，「錦上添花」，美上加美，實在是一本培養想像力，使腦筋更靈活，使心靈更美好的詩集！（林武憲）

我愛青蛙呱呱呱

作者：林煥彰

插畫：施政廷

出版／定價：1993,10,小兵出版社／200元

《我愛青蛙呱呱呱》這本書有一個副標題，叫「林煥彰童詩精選」。它初版於一九九三年十月，然而一如詩集的副標題所示，這是一本「舊酒裝新瓶」的「精選集」，書中的三十五首詩早在這本書出版之前好幾年就已寫成，並曾發表在林煥彰不同的詩集中。

全書共收三十五首詩，依題材相近者分為三輯，分別是「公雞生蛋」（以小動物為題材者）、「蟲學校」（以昆蟲為題材者）及「走向大自然」（以自然界生態與季節變化為題材者）；並由插畫家施政廷精心繪製插圖。這本詩集雖是舊作重編，但編排頗為用心。整本書不僅在內容上動人心絃，在美術設計上更是賞心悅目。換個角度看，我們亦可說這本書是兒童詩集出版史上的代表性作品之一。

林煥彰的童詩，有口皆碑；他對於兒童詩的音樂性尤其用心。這本詩集中大部分的詩都用韻，朗誦起來非常自然、好聽。雖然偶而因刻意經營音韻以致詩意流於淺薄，但詩人的用心我們卻不可忽略。

林煥彰在中華民國的童詩界絕對是一號人物，不論創作、評論、編輯，甚至社團活動，林煥彰都繳出漂亮的成績單。因為林煥彰太豐富了，許多人因而有一種錯覺，以為要談他的詩，就不能不談到他的文學活動，但讀這本詩集，讀者卻不難感受到：林煥彰確實是一位既誠懇又用功，並且純粹一如孩童的詩人。正如他在這本詩集的「自序」〈送給孩子的禮物〉中所說：「只要我想為孩子們寫詩，童年的記憶就像童年時的蛙叫聲，紛紛回到我的腦子裡，供我挑選，讓我組合……為了童年時候的這句響亮的蛙叫聲，我要永遠為孩子們寫更多更好的詩。」（頁8）林煥彰的確說到做到，數十年來，他為孩子們留下豐富的兒童詩，他的許多詩集都堪稱傑作，《我愛青蛙呱呱呱》只是一個代表而已。（徐錦成）

林良的詩

作者：林良
插圖：陳雄
出版／定價：1993,10,國語日報／160元

為孩子寫《看圖說話》寫兒歌、寫童話的林爺爺，在他七十歲的時候，出版了一本《林良的詩》，這是他在《童詩五家》、《兒童詩》之後的第三本詩集，也是最有份量的。這是他過生日，送給他喜歡的小讀者的禮物。

《林良的詩》寫城市裡的日子，也寫田園的風光。寫金魚、蝸牛、啄木鳥，也寫牽牛花、荔枝和葡萄。寫鄰家的小孩、寫詩神，也寫爸爸回家。他寫聽、寫看月、寫一杯茶、寫午睡、寫等待牽牛花，無論他寫什麼，看來都很有意思，那些長長短短、高高低低、有白描、有比喻、有對比、有反諷、有韻律的詩句，向我們走來，為我們唱歌、跳舞、演戲，我們就像在看語言的表演一樣。這表演是很有風格的、很不一樣的，詩頁像布幕，一掀開，就會吸住眼睛和耳朵。

林良化身為沙發，他說我的模樣不是表示「請坐請坐」是「讓我抱抱你」。林良化身為駱駝，「駱駝有寫不完的／沙漠故事／每一步就是一個字」他寫聽到爸爸回家的腳步，心中的快樂「就像好不容易／完成了一幅拼圖／爸爸／我們這個家的拼圖／是一塊也不能少的」書裡有很多溫馨可愛新鮮多汁的語言。

本書還有一個特色，每首詩都有賞析，有一個出色的導遊——許悔之、蕭蕭、白靈、林煥彰、陳木城等，帶你去欣賞林良像月世界、像童話世界的詩世界！（林武憲）

臺灣
(1945～1998)
兒童文學一〇〇

我要給風加上顏色

作者：林鍾隆

出版/定價：1997,5,桃園縣立文化中心

這是林鍾隆出版的第五本童詩集。第一本《星星的母親》（68.12，成文版）、第二本《山》（79.4）、第三本《爬山樂》（83.4）、第四本《山中的悄悄話》（84，以上三本均為教育廳版）。從這本童詩集的〈自序〉中知道，集中所收五十六首作品，是他1979年到1996年所寫，經過自己「大刀闊斧」之後，留下的「十分之一」。所以，我們可以當它是林鍾隆的童詩代表作來欣賞。

林鍾隆從事寫作，已有四十年；他寫作的文類，是多方面的，作品的量，也十分豐碩。從他在本書所附錄的「寫作年表」來看，包括成人文學的小說、散文、詩、論述、翻譯及作文和閱讀指導；兒童文學則涵蓋：兒童小說、兒童散文、童話、生活故事、童詩、寓言等。就林鍾隆多樣化的文類成就而言，小說和童話是他所擅長的，在這本童詩集中，我們不難發現林鍾隆的童詩之成就，是跳脫中國詩抒情傳統的風格，發揮小說、故事的敘事性和現實性的優點，同時也兼具童話想像的幻想性和趣味性的特色。

做為一位小說家，又是詩人，又是兒童文學作家，林鍾隆是有一股強烈的「思辯」特質；這「思辯」的特質，也正是他的童詩的獨特風格，即便以童話的幻想性思維作為出發點而創作的作品——與書名同題的〈我要給風加上顏色〉，也能表現這些方面的特質，如：

「風的臉，是什麼樣子？／風的身體是什麼形狀？／想知道　卻沒有辦法。／如果給風加上顏色，／就可以知道了。／／如果風有了顏色，／她在奔跑的時候，就可看到：／是什麼樣的面孔。就可欣賞：／她的表情，是什麼個樣子；／她的裙裾，是怎麼樣的飄動。／／微風，就塗上淡青色，／強風，就染上濃黃色，／狂風，就彩上紫色，／空氣，就會出現鮮彩，／太陽照射下來，／天空不知該多麼美麗！／／如果空氣有了色彩，就可以欣賞：她怎樣從窗口進來，／怎麼樣從另一個窗口出去。／更可以欣賞，她怎樣／在身邊圍繞、愛撫、戀戀不去。／如果風有了色彩，就可以知道。」（註）

這首童詩以林外為筆名，首次發表在《月光光》第十七集，由黃基博和筆者推荐，成為「楊喚兒童詩獎候選作品」之一，選刊在《布穀鳥兒童詩學季刊》第一期（1980.4），結果獲得第一屆楊喚兒童詩獎。作者拿它當作書名，足見他自己對它的重視。（林煥彰）

註：這首童詩，原來後面還有兩段（十行），作者把它刪掉了。

兒童戲劇組
評選說明

　　當我們把「兒童戲劇」視為「兒童文學」的一環時，很顯然它已被界定為刊印的「兒童戲劇劇本」唯其如此才能見出文學的成份，也才有辦法依此劇本去重複加以排演，而達到廣為流傳的目的；在此前提之下，所有的「創作性兒童戲劇」（啞劇表演、說故事劇場、想像與肢體活動之屬），以及包括「紙風車」、「九歌」、「一元」在內的許多著名劇團的劇目，均因未特別整理、印行可供閱讀的劇本，便不在我們的評選範圍之內。

　　「兒童戲劇」的候選書目，從一九四八年九月出版的《白雪公主》（李納德／正中書局）開始，到一九九八年《廣播劇集》（黃貞子／國立教育資料館）為止，共有八十四部作品入選，複選時以經由兒童文學工作者、圖書館人員、網路票選的前二十名為討論對象。為尊重票選所建立的民意基礎，優先考慮得票最高的前三名作品：《親愛的野狼》、《誰偷吃了月亮》、《水晶宮》。這三部作品風格迥異，分別是社會寫實劇、科普喜劇以及歌舞劇，又分散在不同的九〇、七〇與八〇年代，因而得以確定入選。

　　繼之而來的評選標準是年代的問題，因為晚近的作品大家容易印象深刻，這就造成在初選入圍的二十部兒童戲劇之中，九〇年代以後的作品佔了九部。平心而論，除了經濟條件的改善，影響兒童戲劇的發達與普及之外，在市面容易購得的兒童戲劇，又要佔些便於流傳的有利條件。為了平衡這個不可抗命的時間因素，要給更早於九〇年代以前的作品有出頭的機會，我們又設法把每十年做為一個世代，刻意選進不同世

代的作品，是故最後入選的七部作品，六〇年代有一部《一顆紅寶石》、七〇年代有一部《誰偷吃了月亮》、八〇年代有兩部《水晶宮》、《青少年兒童劇本》、九〇年有三部《哪吒鬧海》、《台灣省優良兒童舞台劇本徵選集》、《親愛的野狼》，總算能夠同時顧全歷史進程的演變。

　　「類型」是此次兒童戲劇評選的最後考量。《一顆紅寶石》是收音機時代盛行的廣播劇；《誰偷吃了月亮》是改編自同名童話的獨幕劇；《水晶宮》承襲了由來已久的歌舞劇傳統；分別得自台北市及台灣省創作比賽活動的兩套選集，容納了較多的作者群以及特定內容；《哪吒鬧海》是企圖結合民俗與偶戲的野心之作；《親愛的野狼》則是兼顧技巧內容，可讀可演的佳構……如此選樣相信也能適切地反映兒童戲劇的多重面貌。

曾西霸

一顆紅寶石
（兒童廣播劇第一集）

作者：林良

出版／定價：1962,10,小學生雜誌社／5元

這本兒童廣播劇第一集，作品係民國四十五、六年間完成的生活短劇，是現存最早的，也可能是最好的廣播劇集，在當年從劇本刊載到校園製播，都曾得到讀者、聽眾的喜愛。

《一顆紅寶石》的歷史意義，是在那樣的年代裡，「廣播」是最流通盛行的傳播媒體，各式各樣不同形式的廣播劇應運而生；兒童廣播劇除了可視為這種時代產物而外，面對政府遷台初期，以及思想、語言、文章趨於一元化的國語教學環境，兒童廣播劇的間接貢獻，也就成為小學「說話」科的補充教材了。

做為只靠「聲音」（當然細分則有對話、音效、音樂三種）來表達一切劇情的特殊形式，廣播劇自有其巧妙及局限，《一顆紅寶石》在整體控制方面尚稱得宜。至於二十篇短劇的故事內容，極其鮮明地反應了舊時代的共同記憶：三輪車、毽子、籬笆、貓捉老鼠、養雞……等意象一再出現。主題方面則大多光明、溫暖，屬於積極鼓勵的一面，因此有時深恐小讀者／小聽眾無法捕捉到母愛、友誼的可貴、諒解與寬恕……之類的題意，甚至不惜讓報幕人加以說明，當時戲劇教化功能的取向至為明顯。（曾西霸）

臺灣
(1945～1998)
兒童文學一
○
○

 誰偷吃了月亮

作者：張筱瑩
出版/定價：1977,6,作者自印

這個罕見的作者自印之劇本，不知透過什麼途徑流傳，也在讀者間引起一陣好評，票選時獲得不少的肯定，我們必須指出此一獨幕劇是改編的作品，據以改編的原始素材是邱松年的童話《誰偷吃了月亮》（1976.10／台灣省教育廳出版）。

《誰偷吃了月亮》勝在構想巧妙，無知的青蛙國王偶然發現月亮比前些日子小了許多，他就開始懷疑有人偷吃了月亮，於是對各種具有涉嫌條件的動物展開調查，先後有青蛙（肚大）、金魚（肚子更大）、烏龜（龜殼裡空間大，可以藏月亮）、螢火蟲（小塊小塊地偷搬去吃）……等等，然後再一一因證據不足而推翻全劇的趣味性就建立在調查過程的相似性，每個人物的出現都引起不小的衝突與危機，這種手法與中國大陸著名的科普動畫《小蝌蚪找媽媽》有幾分神似但若細加析究，《小蝌蚪找媽媽》的結局是利用「排除法」，把錯誤的條件逐步去除，終能達到科學教育的目標；而《誰偷吃了月亮》志不在此，最後冒出精明的貓頭鷹，告知大眾月亮是自己藏了起來，只要天天大聲唱歌，月亮也就會圓回來了，完全是訴諸情感的圓滿結局。

嚴格說來，戲劇是所有問題都要當場立即解決的，《誰》用篇幅較為短小的獨幕劇來呈現，某些過程不免有語焉不詳的缺失（例如所有劇中人如何在未被證實的情況下，相信了貓頭鷹的說詞，不再積極追查下去？）。而原本的童話又是如何交代故事的來龍去脈及其結局呢？如有機會兩相對照，將別有一番趣味，也對改編技巧會有更深入的體會。（曾西霸）

臺灣（1945～1998）兒童文學一〇〇

⬤ 水晶宮（兒童歌舞劇）

作者：陳玉珠

出版／定價：1980,10,台灣省政府教育廳

台灣省教育廳的兒童讀物小組將《水晶宮》定位為「中年級」兒童劇，而類別居然是「健康類」，分類非常奇怪（應該是「文學類」）；本次入選的另一高年級兒童劇《親愛的野狼》亦有相同問題，勢必造成因歸類混亂所帶來的搜尋不易，特此聲明。

當初《水晶宮》既然為中年級小朋友寫作，故事本身就沒有非常複雜，只是敘述原本秩序井然的水晶宮，由於不甘寂寞的小烏龜惡作劇，導致小魚兒們誤會小螃蟹是作惡多端的魔鬼，大家多方抵制牠，最後所幸小烏龜看情況嚴重良心發現，承認自己是罪魁禍首，才讓大家明白真相，不但互相諒解，還全體通力合作把水晶宮整理得美煥美侖……。以二十年後的小朋友接受程度而言，相信連低年級也非常適合來欣賞或演出這個兒童劇。

《水晶宮》的獨特之處，在於作者把本劇處理成徹頭徹尾的歌舞劇。這個傳統與民國初年的黎錦暉之《葡萄仙子》一脈相傳，可謂自成一格，所以在這個兒童劇中對話少歌唱多，而且歌詞由擅寫童詩的作者以押韻的要求進行創作，不但替代了對話推展劇情的功能，又比一般劇本更形朗朗上口，方便小朋友記憶。作者又為演出考慮，發揮了她的另一專長，把全劇中的唱詞全部配妥歌曲（旋律），我們幾乎可以這樣說：想要演出《水晶宮》，只要進行歌舞劇的最後一部份工作——排練舞蹈——也就大功告成，得以輕鬆地將之呈現在舞台上了。（曾西霸）

臺灣
(1945～1998)
兒童文學一○○

● 青少年兒童劇本
(73學年度)

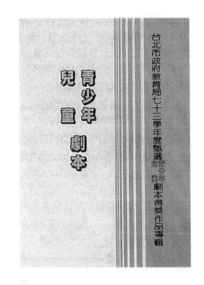

作者：王友輝、黃協兒等

出版／定價：1984,台北市政府教育局／非賣品（得獎
　　　　　作品專輯）

早自1977年起，台北市政府與中國戲劇藝術中心為了落實兒童戲劇的推展，每年指定三所國中與十二所國小參與「青少年／兒童戲劇展」，且特地為此活動調訓相關學校教師進行專業研習。1982年起，教育局也逐年甄選優秀劇本以利排演，這本選集正是這個特殊時期的產物。

在此次甄選中榮獲首獎的王友輝，是國內最主要的戲劇創作人才之一。他不僅是台灣第一位創作碩士，並在文建會、教育部、台北市教育局等多項劇本競賽中奪魁，其卓越戲劇技巧在首獎劇本《會笑的星星》中表露無遺：故事的曲折複雜，非但劇情飽滿，而且各個環節緊密相扣，安排得入情入理，兼顧人物的刻劃更顯出色。至於本劇的最非凡的功力，是對愛與環保的主題訴求，完全不著痕跡地隱藏在故事背後，直到全劇結束才教人全然感應，如此充滿文學氣息、童趣與幻想的寓言式作品幾可與《青鳥》、《綠野仙蹤》相提並論。

黃協兒的《洋娃娃之夢》列名第二，把主要故事背景設定在校園之內，便具有特殊性，為了園遊會牽扯出一個心地善良的小孩，無意間犯下錯誤，幾經內心交戰終能認錯，也獲得眾人諒解，強調了誠實的重要，也肯定了互諒合作的正面意義。兒童戲劇的面貌與功能原本就相當多元，如果側重道德教育，「洋娃娃之夢」是個不錯的範例。

本選集中尚有其他更次獎項之得獎作品，限於篇幅暫無法評介，但均值得推薦。（曾西霸）

臺灣 (1945～1998) 兒童文學 一○○

哪吒鬧海

作者：李永豐

出版／定價：1993,3,周凱劇場基金會／95元

這齣兒童劇的背景十分奇特，是一九九〇年時的「魔奇兒童劇團」（註：該團如今已解散）應「國際青少年暨兒童戲劇聯盟」德國分會的邀請演出而製作的，所以首演不在台灣而在德國的曼漢（MANNHEIM）。

做為一個國際性的演出，本劇編導李永豐首先考量民族色彩，截取《封神榜》中的故事為基本材料，再發揮他長期的創作經驗，用真人與布袋戲穿插演出，充份利用了現代劇場的多重空間之特性，集中表現了偶戲、默劇的諸種可能，又有中國傳統戲曲的武打動作，以及台灣地方戲曲的民俗成份……。由於態度認真，奠定了全劇豐富堅實的基礎，終於也贏得漢堡星報如此的佳評：「成功地將傳統形式與現代想法融合，熱鬧的京劇刀槍對打結合肢體動作，敘述一個充滿詩意和想像力的故事。」

《哪吒鬧海》的故事線索處理得十分清晰，不僅瞭解事件的來龍去脈毫無困難，可貴的是除了說故事之外，全劇對童心情趣的照顧不遺餘力，保證可以讓看戲的小朋友（不論是看劇本或演出）樂不可支。某些部份更隨機應用劇中人的語言錯亂，一面表達戲劇情境，一面進行語文教育。例如本劇第七場抓到小孩要給龍王吃的兩個龜兵為了取悅大王，分別建議吃法應為清蒸與火烤，兩個龜兵吵到最著急時的搶白竟變成「清蒸大王！……」「火烤大王！……」如此一來語意完成扭曲，調笑之餘又有教育，這大約就不是較為平凡的兒童戲劇能夠達到的處理手法。（曾西霸）

臺灣省82學年度優良兒童舞台劇本徵選集

作者：黃基博、李春霞

出版／定價：1994,6,高雄縣立文化中心／非賣品

這本兒童戲劇選集產生的背景，是台灣省教育廳自民國八十一學年度起，每年委託高雄縣立文化中心承辦「優良兒童劇本徵選」的活動，八十二學年度選集中刊登了兩部得獎作品：黃基博的《蝴蝶與花兒》與李春霞的《雷公，打呀！》兩位作者目前仍分別在屏東、台北兩地擔任國小的教學工作，其他文學創作活動也都持續不斷。

《蝴蝶與花兒》展現了作者長期累積的創作經驗，黃老師所編寫的兒童劇本至少有十本以上，得獎作品超過六本，其中又以歌舞劇佔最大的比例。本劇的故事十分簡單，最大重點是描寫各色蝴蝶與花兒的依存關係，再透過風吹雨打的折磨，最後是太陽神適時出現，拯救了瀕臨危險邊緣的蝴蝶花兒。然其成就在於充滿詩意的對話以及優美動人的歌曲，豐富了整個劇的可看性，另外作者童心未泯地寫下玩笑口吻的祝福：「祝你們一路順風！／半路失蹤！／死在台中！／埋在屏東！」不難想像必能逗得小讀者、小觀眾大樂特樂。

《雷公，打呀！》則以主題取勝，李老師的創作意圖是想要寓教於藝，來告訴小朋友要孝順父母的道理，作者設計了五幕劇的歷程，並且運用反襯法去表達孝與不孝兩組家庭的景況，非常具有吸引力，連成員名字黃家有黃牛、黃瓜、黃豆；白家有白吃喝、白糖、白醋都極具趣味。如果作者對舞台空間處理有更深入的瞭解，這個好故事應該可以發揮得更淋漓盡緻，得到更高的評價。（曾西霸）

臺灣
(1945～1998)
兒童文學一〇〇

親愛的野狼

作者：曾西霸

插畫：鍾易眞

出版／定價：1999,10,台灣省教育廳

《親愛的野狼》是一篇社會寫實劇，故事是描寫一位國中轉學生被綁架的事件。作者將事件發生的經過，透過劇情簡介、場景安排、文字敘述和劇中人的對白，在劇本中一一呈現。

目前社會紊亂，綁架事件頻傳，家長與學校師長都日日擔心，時時害怕，唯恐發生任何差錯在自己的孩子和學生身上。平常老師們雖然諄諄教誨，家長們也時時叮嚀，然而，兒童也未必能完全聽進腦海裡去，仍是我行我素。可是透過劇本的轉述，兒童就可以看到整個事件發生的來龍去脈，無形中就像自己親身經歷了一次，留下深刻的印象，所以書本的遊說力也比較具體實在。

本書的特點在於作者能掌握社會脈動、學校生活、兒童興趣、教育意義、和文學特質。在作者用心設計下，把一般慣匪所常用的綁票手法，在劇本中呈現出來，難得的是這篇作品，可讀也可以演。例如在社會方面，文中提到的綁票常見的情況，如幫派、大哥、混混等；在學校生活上，兒童熟悉的童軍課程，小狼、野狼呼、童軍領巾、野生植物等；在兒童興趣上，則運用了兒童常用的的口頭禪、綽號、學校趣事等，激起兒童們共同的生活經驗，並引發他們的閱讀興趣；在生活常識上，如遇到虎頭蜂的處理方法，遇到歹徒時如何拖延、如何智取，都有詳細的描述；在教育意義上，作者也掌握了寓教於樂的手法，也設計了幾個人物，有讀死書的「貝多芬」、腦筋單純的「無大才」、單親家庭的張國雄、和因父親破產而搬遷南部避債的主角陳志偉，光從名字上就可以看出作者的用心。此外，劇本中也插入許多格言、諺語、歌詞，都充滿了教育的啟示，讓兒童在閱讀之餘，輕鬆的學習。同時，也提醒小朋友，不用大腦的人，才會被人利用。

兒童文學是教育兒童的文學，好的作品不會運用任何教訓口吻，以直接說教方式教育兒童，它只設計相似情境，讓兒童自己去經歷、去感受，去認識、去了解、然後在潛移默化中成為自己的經驗、知識、能力和智慧。本書就具有這種功能，所以值得向大家推薦。（徐守濤）

臺灣 (1945～1998) 兒童文學一〇〇

兒童散文組
評選說明

　　台灣兒童文學100評選活動中羅列一九四九年至一九九八年間出版的散文書目總計 111 冊，寄出問卷 1250 份，回收有效問卷 400 份，經依得票數高低總計，列出 25 冊候選書單，再經評選委員會議決，散文類計有十一冊晉八推薦名單。

　　散文類決選委員為桂文亞、馮輝岳。評選準則為：尊重問卷結果，以得票數之多寡為入選重要憑據；入選圖書之內容，需是具有純粹兒童意識的兒童散文，文學與藝術質感皆具，童真與趣味兼顧；在當時代中具有意義與開創性。

　　兩位評委在逐本討論時認為，（74）《孩子你慢慢來》得票數雖高，但不屬於兒童文學範疇，應予剔除。餘下 24 冊散文中，（26）《琦君寄小讀者》，（18）《琦君說童年》，皆屬一九八一年至一九八五年間出版品，其於同一年代推選一本的原則，相較之下，《琦君說童年》共收集了 26 篇童年故事，題材豐富，語言精緻、內容感人，較《琦君寄小讀者》更為講究，故予推薦：（2）《方向》，為勵志性「套書」結集，原是刊載報刊少年版的方塊文章，由於文字簡潔，立意規範，對成長中的少年兒童具有啓迪思想的作用，在五〇年代具有導航之功，值得推薦：（9）爸爸的十六封信，（98）林良的散文，為作者不同時期的作品、幽默、溫馨、雋永，為其一貫特色與風格，好讀且耐讀，先後入選：世界是一本美麗的書，開擴眼界，拓展心胸，海外生活及求學經驗，帶來新鮮有趣的閱讀經驗，八〇年的，《楊小妹在加拿大》具有這方面的代表性：鄉土文學的田園風味兒、泥香味兒、最具真誠素樸氣質，九〇年代的《天霸王》、《阿公的八角風箏》，文字簡鍊，耐人尋

　　味，皆是令讀者印象深刻的童年往事錄：「美、到處都有。對於我們的眼睛，不是缺少美、而是缺少發現。」追求美、闡揚美即善、並將圖象與文字做雙重結合，是《美麗眼睛看世界》對兒童散文藝術探索的創意之作、有散逸、有抒發、又有審美情懷；《蔚藍的太平洋日記》則在題材的開掘上、呈現了島嶼文學的深度與廣度，結構嚴謹，想像超拔，令人耳目一新；諧趣、活潑、生動，《童年懺悔錄》將兒童的天真和稚拙，表現得淋漓致盡，好玩可愛，可以說是九〇年代來最有趣的「我一讀你就笑」兒童散文；而，《屋簷上的祕密》，則將少女情懷總是詩的意境，以悠然、細緻、優美的敘事風格，娓娓道來，緩緩漫潤讀者的心靈。十一冊兒童散文作品，至此推薦完成。

　　　兒童散文的推廣及表現，已漸趨成熟，未來的發展，當有很大的空間。做為兒童文學門類之一，兒童散文所具古情實感的特質，頗能打動兒童純淨的心靈，在語文教育中，更具有啟蒙作用，我們期望更多的兒童文學作者，加入此一行列，為兒童散文之途，遍植鮮花芳草。

桂文亞

● 方向

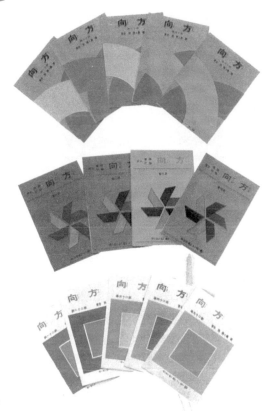

作者：魏廉、魏訥
出版／定價：1956,9,國語日報出版部／21元（每集）
1989,1,國語日報出版部改版／100元（每集）
1995,3,國語日報出版部第二次改版／
650元（全套共五輯，不分售）

海上的船隻需要燈塔的指引，方可明確辨認的方向，安全駛入港灣靠岸，少了燈塔的指引，船隻可能就會在茫茫大海中迷失方向；而人生的旅途就如同大海茫茫，而置身於茫茫人海的人們，就如同航行於大海的船隻一般，隨時隨地需要一盞明燈為我們的前程指引方向，讓我們在人生的道路上穩健地向前邁步。成人需要方向指引，成長中的兒童更是如此。

《方向》是由魏廉及魏訥兩位先生撰文所集結成的作品輯。《方向》輯中的作品是由兩位作者自1952年起，在國語日報少年版持續以總題目「方向」所發表的短文作品選錄集結而成。作者或從日常生活經驗中汲取靈感、或以格言諺語為導引加以闡述、或從平日的所思所想切入，透過簡潔流暢明白易懂的文字，一一委婉陳述人生中簡單但卻容易被忽略的人生哲理。

孩子在成長的過程中是需要指引、需要教育的，這一點是不能否認、也無庸置疑的。但是在考慮孩子的理解力及人生閱歷不足的情形下，如何透過適切的方式，提供孩子明確的指引，以建立孩子正確的生活態度，並指引明確人生方向，就是一件不容易的事。在《方向》一篇篇不到兩百字的短文中，我們可以清楚發現作者魏廉及魏訥兩位先生以一顆諄諄教誨的心，對孩子說著極為簡單小事的同時，卻也在其中提供孩子啟發與思考的方向。全輯中沒有嚴肅的說教、沒有刻板的道德灌輸、也沒有不切實際的空喊口號，一篇篇文章都只為孩子提供了他們自我思考的空間，讓孩子在閱讀之後能有所思、且有所得。

《方向》作品輯最初以每集100篇集結一冊發行，第一集出版於1956年9月，往後陸續共計出版了25集。1989年1月改版發行，每集200篇共計出版10集。繼而在1995年3月時，編者自舊版本的內容中加以精選，出版一套共五集的《方向》。

《方向》的撰稿年代距今雖已久遠，但這部作品歷經時代潮流的沖刷洗滌，至今仍然閃爍著它動人的光彩。一如一座老燈塔，仍然忠實地投射它耀眼明亮的光芒，為當時的孩子、也為現在的孩子提供明確的方向指引。

誰能說自己不需要方向呢？《方向》雖小雖短，但之於今日社會，仍是人生道路中不朽的里程碑。（馮建國）

臺灣 (1945～1998) 兒童文學一〇〇

爸爸的十六封信

作者：林良

插圖：呂游銘

出版/定價： 1971,10,臺灣省政府教育廳

《爸爸的十六封信》是臺灣省政府教育廳所編印的「中華兒童叢書」之一。在書前面的序言裡，作者林良的女兒櫻櫻提到，他們一家總在晚餐的時候，互相交換一天的感想，但是限於時間不長，晚餐過後，父親進書房，孩子也忙作功課，於是父親在深夜做完工作後就為她寫信，把信放在孩子的書桌上，信中繼續飯桌上沒說完的話，替她解釋疑難。一直到櫻櫻小學畢業那年，她數了數，總共是十六封信。

　　第一封信，談論如何處理「被別人冷落的時候」。第二封信談「專心」，專心能使事情越做越有興趣。第三封信，以一趟白沙灣之旅談「樂觀」。第四封信，舉櫻櫻的同學李熙容為例，談做事的從容態度。第五封信，以作者自己以前克服羞怯的童年往事，和櫻櫻共勉。第六封信，從櫻櫻晚餐時說的笑話，談如何容忍他人的種種不同。第七封信，談論朋友及交友的態度。第八封信，談對待「身體缺陷的人」應有的態度。第九封信，談如何面對失敗，再次邁向成功。第十封信以生活的事件為例，談「替別人著想」的美德。第十一封信，談如何處理「想發脾氣時」的情緒。第十二封信，談如何處理生活中的「妒忌心理」。第十三封信，談個人面對群體應有的態度。第十四封信，以故事為例，討論「認錯」。第十五封信，以生活事件為例，談責任感。第十六封信，談如何處理自己的難題（如何「下決定」）。

　　本書作者以書信的方式，沒有「單向灌輸」的刻板語氣，舉很多生活經驗、小時候的回憶，娓娓道出生活中恰當的處事觀念，讀來讓人有親切感。字裡行間充滿著太陽般源源不絕的同理心、讚美與關懷，所談論的事情，所使用生活中的「淺語」，能讓小讀者彷彿聽「大朋友」說話一樣貼心自然，把這樣的十六封信集合成一本書，十分值得成長中的孩子來閱讀，幫助讀者成長。（楊隆吉）

臺灣 (1945～1998) 兒童文學一〇〇

琦君說童年

作者：琦君

插畫：陳朝寶

出版/定價：1981, 8, 純文學出版社有限公司初版 /70元

《琦君說童年》是散文類的故事小品。共收錄了二十六篇作者為少年朋友所寫，各式各樣的童年故事。雖然是單篇集結成冊，但從整體編排上，還是可以看出一個順序。〈我愛亮晶晶〉、〈嚐新〉、〈變戲法的老人〉、〈阿喜的花籃〉、〈乞丐棋〉、〈不倒翁〉、〈捉驚〉、〈坑姑娘〉、〈捺窟〉、〈看鹹魚〉等十篇，寫的是作者小時候的童年故事。〈木魚的故事〉、〈哥哥你真聰明〉、〈觀音瀑布〉等三篇，篇幅比較偏向所講的故事本身。〈魔筆〉、〈孔雀錯了〉、〈一撮珍珠〉、〈貓外婆〉、〈我心裡有一隻可愛的狗〉、〈蟲蟲找媽媽〉、〈過新年〉、〈小天使的翅膀〉、〈海豚回家〉、〈放生樂〉、〈那隻小老鼠呢？〉這十一篇是作者與家人相處，或日常生活有感而發的生活小品。〈小白回家〉這篇說的是一個故事，應該歸到〈木魚的故事〉、〈哥哥你真聰明〉、〈觀音瀑布〉這類裡去，但我把它挑出來講，是這個故事的發展，太過於理想而讓人有虛假之感，人物的轉變太快而失真。〈蔣公的童年〉最後這一篇，在作者的自序中提到，是因應 蔣公七十華誕，多人一起為文的創作作品，現在看來具有「時代」的反應。僅管有些小瑕疵，但這些都瑕不掩瑜。整體看來，我們可以發現單篇作品在整本書的排列上，是由小到大，有時間順序的，大體可以區分成幾類的。

在這本書裡，琦君一本她懷鄉的散文風格。每一個故事訴說的就是「感動」兩字，樸實的文筆訴說著情摯真切的故事。以這本書對照台灣整個社會、文化，有其時代上的價值。林海音女士在本書的他序中，說到：「在這本書裡，她告訴你，她的家鄉的人物、生活和風光。她說故事給你聽，有神話的、歷史的。你讀這本書，不但故事好聽，而且知道許多故事的來源，也學到許多做人的道理。」(頁3)我想這些話語，既是介紹，也是讀者反應最好的詮釋。

這是一本琦君式的故事散文小品，如果你喜歡琦君，那麼你也會喜歡它。(藍涵馨)

楊小妹在加拿大

作者：卜貴美

插畫：楊榮慶

出版／定價：1985 年 3 月 10 日出版/套書不分售

本書的小主角---楊小妹欣瑋是個十四歲的女孩，她有一個大她三歲的哥哥榮慶，大她兩歲的姊姊華瑋，和一個小她七歲的小不點兒弟弟---榮凱。楊爸爸因為工作關係，全家移居加拿大多倫多，這群新來乍到的孩子們在這個日常語言、同學鄰居、生活習慣、民俗傳統…等各方面都很陌生的新環境裡，學習調適自己，也遇到了許多新鮮而難忘的經驗。於是楊媽媽---卜貴美女士，便將楊小妹和兄弟姊妹們在異國的求學生活中許多有趣的點點滴滴，用流暢、簡煉的文字記錄下來，寫成一篇篇幽默、溫馨的小故事，一開始在國語日報定期以專欄刊出，受到廣大小讀者的歡迎，之後便結集成《楊小妹在加拿大》一書出版。

一般來說，孩子對於他人的生活方式總是有著無窮的好奇與興趣，而對於自己無法親自經歷、或親眼得見的異國生活和文化，透過卜貴美女士一枝細膩生動、充滿溫情的筆而舖寫出來，對於許許多多國內的小讀者而言，更是一種格外新鮮而滿足的閱讀經驗。小讀者們總是渴望知道，楊小妹一家人在加拿大又遇到了什麼新鮮事？台灣四季如春、極少下雪，在寒冷的冬天屋外堆雪人、學滑雪是什麼情形呢？他們在外國怎樣慶祝中國人的大節日---農曆新年呢？又如何慶祝聖誕節、萬聖節、甚至愚人節？學校行事曆上竟然有「滑稽怪異週」！這是怎麼一回事？而他們在學校上的音樂課、美術課、地理課、體育課和我們有什麼不同？在國外，許多家居工作都必須自己動手做，楊小妹一家人如何自己割草、貼壁紙、分工負責家裡的整潔工作呢？遇到學校放暑假，他們一家人也駕車到處去玩，又會有什麼有趣而新鮮的遭遇？

值得一提的是，為本書插畫的哥哥楊榮慶，總能以簡單的線條勾勒出事件的精神，讓讀者對文章內容留下更加鮮明的印象。

作者卜貴美女士採取一個中國家庭的觀點所敘寫的這本短篇散文集，不僅呈現了新奇有趣的異國見聞，在每個篇章裡也都不忘提供了小讀者一個適當的反省題材，如儲蓄觀念、守信精神、比較中西文化內涵差異的優缺…等等。這樣一種透過幽默、流暢的文字所呈現出來的豐富內涵，應是《楊小妹在加拿大》讓廣大小讀者百讀不厭的原因吧。（蔡佩芳）

天霸王

作者：謝武彰

插圖　：曹俊彥

出版／定價：1994,1, 民生報社／150元

如果能夠穿越時光隧道，回到三十幾年前，看看那時候孩子們的生活，看看那時候鄉間的風土民情，該是多麼好玩又有趣的事情。世界不停的在變，時代也不停的進步，現代的孩子一定很難想像三四十年前的光景。作者是個慷慨的人，他把小時候的所見所聞，寫出來讓小朋友一同分享，透過他的生花妙筆，一件件童年往事，鮮活的呈現在這本集子裡，可比攝影機錄下的畫面更有看頭哩！

雖然作者寫的是自己的童年生活，但在書中，我們彷彿看到另一個時代的縮影。學校生活總是比較枯燥，何況以前的孩子還有升學壓力（考初中）。書裡的幾則故事，笑語詼諧中，有著淡淡的心酸，讀了＜交米田共記＞，請小心，可別笑破肚皮；想知道以前學校如何想盡辦法推行國語，請讀＜一張＞：你大概沒聽過把課桌椅抬去浸藥水的鮮事嗎？請看＜殺臭蟲記＞：＜中美合作的衣服＞是怎樣的衣服呢？現在的孩子想穿也穿不到啦……

書中有情趣盎然的糗事，也有溫馨感人的親情，不論寫人寫景或敘事，作者都以他簡潔、幽默的文章，蘸著對童年家鄉的濃烈感情，生動的勾畫出那個時代的面貌。

本書是作者所寫「蕃薯的孩子」系列中的一本書。蕃薯，土土的，不怎麼好看，卻是五六十年代農家常吃的食物，並不是大家愛吃，而是大家窮，為了節省白米，所以要摻著蕃薯一起煮。像作者那一代的孩子，不但物質上得不到滿足，育樂設施更是缺乏，孩子們生活在這樣的大環境中，就像吃蕃薯一樣，很無奈的嚼著，卻也嚼出了香甜的味道。（馮輝岳）

臺灣
(1945～1998)
兒童文學一〇〇

美麗眼睛看世界

作者：桂文亞

攝影：桂文亞

出版／定價：1995,12,民生報社／240元

這是一本以「美」為主題的攝影散文集。美在哪裡？在我們的周遭，在我們的生活中。一扇門，一口窗，一條路，一隻貓，一個行乞者……都是美。美無所不在，只是我們沒去發現、不肯找尋而已。作者憑著一雙善於感動的眼睛，透過鏡頭與文字的捕捉，成就了這本美麗的書。

本書收錄三十二篇散文，搭配五十餘張照片；也可以說是五十餘張照片，搭配三十二篇散文，因為彼此已合而為一了，旅遊的見聞、生活的感悟、童年的故事，從一張張的照片中蹦出來。它寫大自然：＜紅花草＞、＜秋聲＞、＜江南可採蓮＞、＜雪的銘印＞……情景交融，把大自然的景物寫活了。它寫卑微的小人物：＜最小的時候＞、＜阿妹＞、＜印象記＞、＜孤獨美＞……流露出悲天憫人的情懷；它寫平凡的景物：＜屯溪老屋＞、＜門＞、＜菜市街＞、＜面具＞、＜褲子＞，一邊描述，一邊道出許多平易近人的哲理；它談美：＜美的發現＞、＜秩序之美＞、＜顏色美＞、＜自然美＞……不板起面孔說教，親切自然，卻十分清晰。

作者在自序中云：「……人心中應該保有──對新鮮事物的憧憬，對未知的驚喜，兒童般的好奇心，不屈不撓的鬥志，對生命的喜稅及爭取勝力光榮的意志。」或許就因為作者一直保有這樣的心志，一篇篇優美的散文，一張張動人的照片，才能夠源源不斷的創造出來。（馮輝岳）

阿公的八角風箏

作者：馮輝岳

插畫：曹俊彥

出版／定價：1998,1,民生報社／230元

《阿公的八角風箏》（馮輝岳著‧民生報出版），全書以三十篇清新的兒童散文描寫五十年代台灣客家莊的田園生活景象。

書中有農村常見的豬鵝雞鴨和牠們的趣事。在作者的筆下，旺伯母的鵝像一群「大爺」，經常跟我們搶地盤；同叔養的豬哥黏著滿嘴的泡泡，如果下巴掛一塊圍兜兜或許比較衛生；而養鴨人家竟是用蹼的剪開數來辦認自家的鴨子－－－右腳剪一蹼的是我家的，右腳剪兩蹼的是叔母的，左腳剪一蹼的是旺伯母的，左右腳各剪一蹼的是……

在那個物質缺乏的年代裡，為了生計，大人們得曬蘿蔔乾、挑餿水，連孩子們也會到附近的營房裡，撿阿兵哥打靶後留下來的彈片。因為這些子彈是銅和錫做成的，賣給收破爛的，一顆子彈可換兩毛錢，那時候，兩毛錢買得到十顆牛奶糖。

生活貧困孩子們的要求也不多。一只八角風箏、幾條橡皮筋就夠大家玩上好久，就連看阿兵哥跳傘都可以成為生活中的一種娛樂。在作者的記憶中，那只阿公親手用竹枝、玻璃紙和細棉線做成八角形風箏，好像一隻巨鷹拖著長長的尾巴，在天空盤旋，而且還會嗚嗚作響呢！

童年的回憶中也不乏一些驚險的鏡頭。草棚裡一個個褐色的小罈中到底裝了什麼寶貝？阿貴偷偷掀起罈蓋，探頭盯一眼，說：「不知哪個缺德鬼，把豬骨頭扔進去。」後來才知道原來金斗罈中裝的是祖先的骨骸。好險哪！

一則則客家農村的生活記事，在作者馮輝岳真誠而素樸的筆下揮灑出濃濃的鄉土味。不管自己是否曾經鬧過那樣的笑話，經歷過那樣的生活，看完本書的童年故事後，好像更懂得知福惜福的道理。（汪淑玲）

臺灣 (1945～1998) 兒童文學 一〇〇

林良的散文

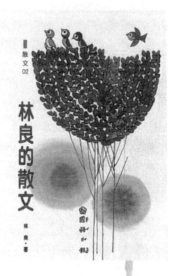

作者：林良
插畫：陳雄
出版／定價：1996,6,國語日報／150元

《**林**良的散文》計收錄了兒童文學作家林良的三十五篇兒童散文，全書分為十個單元，每單元包含三～四篇童年生活回憶，各單元名稱為：「離家的心情」、「含有水分子的作品」、「喝一杯原味高湯」、「溫馨的滋味兒」、「難忘的景物」、「一段美好的歲月」、「描寫動態的典範」、「不說教的勵志」、「好書不厭百回讀」和「把複雜變簡單」。

本書特色有三：

一、為加強兒童閱讀興趣及理解能力，每篇作品前皆附有三百字篇導讀，作者包括：蘇國書、葉涵、王金選、潘人木、馬景賢、馮輝岳、張子樟、洪志明、林煥彰等九位知名作家。各有各的角度、或說題材、或論技巧；或說感覺、或述心得，皆有所得。與正文相呼應，可說相得益彰。

二、文字簡樸，雖小而美，雖短而精，突顯了本書從容自然的風格。作者文中多敘述童年生活的種種細瑣，看似取材平常，實則生趣盎然，畫龍點睛，溫暖閱讀者的心。

三、散文是真情實感的流露，兒童散文既要切合散文的精神傳統，亦要具備適合兒童閱讀的概念，「重視自覺」，是兒童散文作者對兒童散文寫作的基本認知。本書在淺語藝術的傳達上，可稱得上為「典範之作」。（桂文亞）

蔚藍的太平洋日記

作者：李潼

插圖：曹俊彥

出版／定價： 1997,10,民生報社／250元

台灣四面臨海，是一個與海十分親近的島國，不知是此地的人們視而不見，或是彼此太接近了，大家反而對日夜環抱我們的海洋不大關心，甚至冷漠以待，這點從島上向來缺乏海洋文學創作，可以得到佐證，而本書是作者以海洋為題材寫作成冊的散文集，自然令人耳目一新，受到大家的關注與喜愛。

　　全書將太平洋擬人化，以第一人稱抒寫。從太平洋的視角，來看台灣、看世界，時空長遠，視野遼闊，透過海洋的冷眼觀看，人與海的情愛、恩怨、糾葛都一一落入它的日記裡，而作者也成了大海的代言人。書中收錄二十四篇日記，其中有對「海洋之子」——海豚、豆腐鯊、飛魚、珍珠、瘋狗浪等的抒懷；也有對民俗的描述，如牽罟捕魚、拉力基海祭、燒王船、林默娘坐飛機等；更有海上人生的奮鬥與滄桑，如海泳隊、水兵、船笛、燈塔人、海上旅館、傷心海岸等；其他還有寫人世紛爭的導向飛彈、釣魚台。

　　由於作者長期觀海、讀海、親近海，所以他始終以一顆觀照海洋與人世的心懷抒寫日記，當然其中也摻揉著幾許的感慨與無奈。大海時而洶湧，時而平和，千萬年來，看盡人世的悲歡，它的故事，它的心聲，在這本散文集裡留下了動人的紀錄。（馮輝岳）

臺灣
(1945～1998)
兒童文學一〇〇

童年懺悔錄

作者：王淑芬

插畫：張化瑋

出版／定價：1998,8,民生報社／250元

你在童年時，可曾做過一些傻事？

我就做過。六年級時，我以為隔壁班的男生班長對我有意思，因為他老在放學時在我的教室門口東張西望的，我也表現得羞答答的，後來才知道他在找我們班上一位男生----他的鄰居-----一起回家。害我立刻草草結束了這段「戀曲1960」。

但這段童年往事若拿來和王淑芬的相比，可就立刻給比下去了，因為她的一些「所做所為」已經多到寫成一本《童年懺悔錄》了。這本書中的25個短篇故事，就是王淑芬的小學生活25則糗事大公開！而在她的生花妙筆之下，每篇故事都令人或捧腹或會心地和作者更拉近了距離。例如在＜原諒我吧，豬＞這一篇中，她隨著「獸醫爸爸」出診，認為機會來了----可以好好扮演一下醫生的角色，便自告奮勇地要替小豬打預防針，誰知一時的心慌意亂之下----針筒插在小豬的耳朵上，痛得牠滿場跑，到最後還賞給她一泡豬尿。而在＜手帕與樹枝＞這一則中，描寫小學生對「牽手」這件事情「慎重其事又莫名其妙」的厭惡感，所以在學校跳課間舞時，女生拿手帕，男生拿樹枝，就這樣＜手帕牽樹枝＞地跳起舞來了，可是，如果忘了帶手帕呢？男生竟也丟掉樹枝，緊緊地握著她的手，而這次牽手的記憶，竟讓她一直留到現在。對於自己「淑芬」這個名字，在認識了好朋友湘琪之後，就越發的不滿了，覺得俗不可耐又常鬧笑話----社會老師常常叫她「哇，十分。」而妹妹叫秀梗，也常被同學叫成「秀便」，於是姊妹倆一拍即合地要改名，還煞費苦心地查字典，各自取了一個有學問又有氣質的名字，兩人在班上傳紙條都用新名字，很陶醉了一陣，直到後來也厭倦了用兩個名字，才又恢復本名。

其他的諸般糗事-----例如祝賀即將結婚的老師，送她一只「超級豪華金色獎盃」、拿著過年的壓歲錢就財迷心竅地去抽籤對獎，結果只換得認識了社會真象-----雜貨店許多遊戲都是騙人的，在王淑芬簡潔明快又有趣的敘述中，讓大讀者回味無窮，小讀者興味盎然。

（謝玲）

臺灣
(1945～1998)
兒童文學一〇〇

屋簷上的秘密

作者：林芳萍
插圖：劉宗慧
出版／定價：1998,11,民生報社／240元

這是一本以童年為題材的兒童散文集，但是作者卻寫出了不同的味道。本書的特色，正如民生報少兒版主編桂文亞女士在序文中所說的：「……在大部分作者多採取說故事的「敘事手法」呼喚童年的時候，林芳萍淡化了「情節」，強化了「詩情」……」

本書分為兩輯，輯一：躍動的童年。收錄七篇散文，全是獲得陳國政兒童文學獎首獎的作品，寫阿媽家的屋簷、菜園、陽光、庭院、湖……。輯二：轉動的四季。收錄十二篇散文，寫阿媽家四季的風景、花鳥及生活情趣。

大體以敘事為主的散文，較受兒童的喜愛。敘事，注重情節的安排，而本書作者淡化了情節，改以比擬的技法，去寫景、寫情，生動且活潑，帶引讀者走入童話般美麗的意境中，詩情畫意裡，更洋溢著濃濃的童趣，例如：將屋簷的瓦片，比做剛出水的魚鱗；把下雨的時候，比做一場戰爭；將阿媽比做春神；把芒花比做似曾相識的朋友；將茶葉比做綠色的蝴蝶……書中新鮮的比擬，處處皆是，彷彿每篇散文中，都藏著童話和詩的小精靈。

對阿媽、對鄉土的感情，流蕩每一個篇章，那麼溫馨，那麼親切，那麼真實。作者自認「一直到現在，我卻從來沒有離開過我的童年」，像孩子離不開母親，其實，這本書所寫的，正是她對這孕育她長大的土地、呵護她成長的阿媽的感恩與眷戀啊！（馮輝岳）

臺灣
(1945～1998)
兒童文學一○○

圖畫故事組
評選說明

　　參與1999年7月24日舉辦的「台灣兒童文學100評選暨研討會第一次諮詢委員與評選委員會議」時，我被邀請參加圖畫故事類的評選工作。

　　當天我對於籌備會所提供參考的一百五十本繪本類提出了兩點意見：

　　（一）是分類名稱不要採用日本慣用的「繪本」，改用「圖畫書」。

　　（二）希望再發通知請更多作家，畫家及童書出版社能提供自己所寫、所畫及出版的書單。

　　後來經過籌備會與大家幫忙提供，很高興的看到圖畫故事類的書目達到了五百七十三本，也許還有些遺珠之憾，但應該達到了一九五四年以來，可代表各時期台灣兒童圖畫書，具有代表性的書目之目標啦！

　　從這些書目經過學會的會員（作家、畫家、教授）及兒童圖書館相關人員與教授，圖畫書創作者的問卷，票選約有一千份，終於推薦了四十五本（以十五票以上為準）的入圍書目。

　　看了這份書目表格，可以看出幾個本土圖畫書的特點：

　　包括年代的不同、畫家、作家的不同及出版社的多樣性：

　　一九六五年～一九七九年佔了6本。

　　一九八○年～一九八五年佔了6本。

　　一九八六年～一九九○年佔了15本。

　　一九九一年～一九九八年佔了18本。

　　出版社也包括十三家之多。幾乎包括了台灣最具代表性的童書出版單位。 再從這四十五本我兩提出個人的看法從中推薦了十五本好書。下面是我推薦的原則和條件：

（一）原則：

圖畫與文字要能相融合，題材能引起兒童的閱讀興趣。

要能啓發兒童的創造力和想像力。

內容文字，文章要富文學性，而圖畫要具藝術性。

書的裝釘一定要牢固耐翻、印刷要鮮明、字體的大小要適合不同年齡層的兒童視覺感受。

（二）好圖畫書條件：

富遊戲性的圖畫書

幻想性豐富的圖畫書

能啓發美術欣賞能力的圖畫書

故事性豐富的圖畫書

科學性豐富的圖畫書

鄭明進

我要大公雞

文：林良

圖：趙國宗

出版／定價：1965,9,臺灣省政府教育廳

《我要大公雞》是「中華兒童叢書」其中的一本，為了適合兒童閱讀，本套書的編排分類基於二者，一是內容，分為文學類、科學類和健康類，另一種是依國小六個年級來分。《我要大公雞》是屬於文學類的書，適讀年級是一年級。內容提到一隻大公雞，因為吃了胖胖的花生米，也吃了哥哥的花生米，兄弟倆很喜歡這隻神氣的大公雞，餵牠米，餵牠水，甚至想將牠留下來養，於是出了主意將牠藏在舊娃娃車裡。結果隔天早晨公雞啼叫，隔壁遺失公雞的張伯母來找胖胖的媽媽，再次因啼叫聲找到了公雞，要把公雞抱回去，胖胖不答應，說是他發現的。最後張伯母給他一個條件，只要胖胖收集五十張不同的郵票，就可以換公雞回家。胖胖和哥哥於是辛苦地去和同學交換舊郵票，故事結束在胖胖還差一張郵票，就能換到那隻大公雞，可算是餘韻十足的尾聲。

　　本書是屬兒童文學的圖畫書類，文字的部分由台灣兒童文學的前輩林良先生執筆，每個句子都不長，以童詩的句法排列，有押韻，也有淺語的童趣。小孩與公雞在大小高低相差不多，但一位是人，另一個是動物，小孩很容易因為「想交朋友」的喜歡，而想擁有他所發現的公雞，也很天真地以藏起來的方式來確保他的公雞。問題最後也用小孩子常用的「交換」來處理，是張伯母基於關愛小孩而做出的「有考驗的」條件式讓步。姑且不論嚴格的對錯，這篇的確是生活中能贏得童心共鳴的溫馨小故事。

　　在插圖的部分，也許限於當時印刷條件，本書採兩頁彩色、兩頁單色（淺藍色）輪流呈現。繪者使用水彩的技法，不使用複雜的顏色，運用大小和位置的變化，強調空間的留白，來表現遠近、主體與故事性，充分達到了以圖輔文的效果。

　　本書在故事之後，還有問題與活動，讓小讀者閱讀之後，做一些反省或活動整合，也帶進一些關於郵票的問題，是一本內涵豐富的好圖畫書。（楊隆吉）

臺灣
(1945～1998)
兒童文學一○○

小紙船看海

文：林良

圖：鄭明進

出版／定價：1975,出版,將軍出版公司／35元

作者林良先生在《小紙船看海》這本書的前言——〈獻給家長和老師〉的序文指出「小紙船看海」的故事，是要告訴小朋友世界上的水都到哪兒去了。兩隻紙船在旅行的過程中所看到的「兩岸風光」，略微告訴小朋友：人群是喜歡「挨著水邊生活」的。這是一個為幼童寫的散文故事。所以雖然分行，並不押韻。我把這個故事，獻給所有愛山、愛城市、愛大海的小朋友。故事的大意是這樣的：故事從山上開始。一個小男孩摺了一隻紅紙船，放在溪裏。紙船順著水勢漂進下溪、大河。紅紙船感到害怕，想找一個同伴一起走。一場大雨後，城裏的一個小女孩摺了一隻白紙船，放在馬路邊的水溝裏。紙船順著水溝漂到大陰溝、大河。白紙船也感到害怕，想找個伴兒一起走。

兩隻小紙船相遇了，挨在一起，它們漂到大河口、碼頭邊。摺白紙船的小女孩在大輪船上，看見兩隻小紙船，把它們撈上來，帶它們去看大海。小紙船從小女孩手上漂落大海。一個說，我是從山裏來的，現在我看到大海啦。一個說，我是從城裏來的，我也看到大海啦。

這個故事把兩隻小紙船沿途看到的農村、工廠、高樓大廈、大輪船、碼頭、燈塔，直到海天相連。描寫的自然生動，又有親切的感情表現。

畫家在表現整本書的插畫的特色是：使用了新鮮、優美的明亮色彩、加上紙版畫、水彩畫與剪貼的綜合技巧，把山水、農村、城市、河川及大海表現的自然、又有親切感。

例如：六、七頁把遠處的農莊，看似筆尖輕輕一掃，牛、犁、農夫，就有了犁田的動感之美。八、九頁岸上的工廠，活像兒童推的積木。幾縷輕煙，飄出它們的性能。十四、十五頁。污物落入陰溝，暗示城市人的不講公德，製造污染，缺乏環保觀念。進貨十六、十七頁，白船、白水、白橋、紅太陽，給人清爽舒暢的美感。二十八到三十一頁的兩幅畫，把文句中的愛心充分發掘出來。四十一、四十二頁明亮的天，寬闊的，又有魚兒遊來遊去的畫面，充分表現了大海好大！大海好寬！是最最精彩的畫面。（鄭明進）

臺灣 (1945～1998) 兒童文學一〇〇

聚寶盆

文：李南衡
圖：曹俊彥
出版／定價： 1982,8,
信誼基金會學前兒童教育基金會／ 60元

多是個小男孩，要色紙一張太少，兩張不夠，三張還要多；要汽球一個太少，兩個不夠，三個還要多；不管是什麼東西總是越多越好。有一天來了個老公公，送給他一個聚寶盆，什麼東西只要放進一個就可以變成很多很多，直到他說「夠了」為止。老公公放進一顆水果糖，聚寶盆變出幾百顆、幾千顆，多多急得對老公公大叫「夠了！夠了！」老公公告訴多多要告訴聚寶盆才有用，多多對聚寶盆大叫「夠了！夠了！」，聚寶盆就不再變。多多拿了一隻玩具熊放進聚寶盆裏，聚寶盆變出幾百隻、幾千隻玩具熊，滾到地上都是，直到多多對聚寶盆大叫「夠了！夠了！」。多多把喜歡的東西全部變得很多很多，堆滿了小小的房間。有一天，多多想知道聚寶盆裏藏了什麼法寶，就爬進盆裏瞧一瞧，結果聚寶盆變出了好多的多多，越來越多，越來越多，卻沒人來喊「夠了！夠了！」。

　　《聚寶盆》運用民間故事中的聚寶盆概念和驚奇的想像描寫小孩子的貪心和好奇，故事以重複的韻律描寫孩子對玩具的需求，接著聚寶盆出現，將情節導入另一層次，再以重複的韻律表現聚寶盆的變化情形，最後以令人意想不到的驚奇和懸宕未解的問題結束，巧妙的運用傳統的文化元素和情節的韻律轉折，成功表現了兒童的心理特質。

　　除了結構緊密的文字，線條簡潔，造型富東方色彩的圖畫則為故事提供了獨特的民族風味，局部渲染的效果更豐富活潑了畫面的層次，而紅黃色系的用色也傳達出溫暖的訊息。曹俊彥先生的圖除了傳達情節，也借助文字中沒有出現的小狗角色，從小狗和多多的互動豐富了作品的意涵，其圖文的互補，相得益彰的構成出一本單純而不簡單，充滿想像樂趣的作品。（盧淑薇）

臺灣
(1945～1998)
兒童文學一〇〇

女兒泉

編繪者：洪義男
出版／定價：1985,4,皇冠出版社／180元

女兒泉是一個少數民族的民間故事，描述一個山村裡的女孩，為了治母親的病，上山採野菜，在深山裡發現一個水質甜美的山泉。山神不准她洩露這一口泉的位置給村民知道，否則就要她的性命。可是明明看到村裡嚴重的乾旱，叫女孩心痛煩惱到滿頭長髮都變白了。最後冒著自己生命的危險，帶領村民去挖開水源，解除旱災。泉水就像女孩的長髮一般，閃著銀白的鱗光，向田園流去。本來的故事是淒美的，作者洪義男先生讓它有了一個較美的結尾。女主角的造形純真，甜美，清澄的眼神，顯示出她的善良，孝順與無私。雖然現實世界中善良的人不一定個個都是美女俊男，但是在圖像表達中，「美」與「善」在孩童的心中常常是可以畫上等號的。民間故事「勸善」的內容，或許令人覺得有些「八股」。但是優美、崇高的情操卻不得不在年幼時植入。

　　畫家以集錦或套疊的描圖方式呈現故事內容，使整本書顯得活潑而充滿變化。（曹俊彥）

臺灣
(1945～1998)
兒童文學一
○○

穿紅背心的野鴨

文：夏婉雲

圖：何華仁

出版╱定價： 1988,6,國語日報╱100元

每年到了冬天台灣北部的關渡、台北華江橋下、宜蘭和羅東之間的蘭陽溪口、高雄的澄清湖等等野鳥保護區，都會出現來自寒冷的西伯利亞、中國東北部、韓國、日本等不同地方飛來避寒的一百多種鳥，這些來自北方的小客人便通稱為台灣的，「冬候鳥」。這本《穿紅背心的野鴨》描寫的就是這些冬候鳥中的一種名叫花鳧（又叫野鴨）當主角，牠們飛到一個野鴨鎮的故事。

雄野鴨的特點是：頭及頸部為光澤的綠色，頸部有一白色頸圈，胸部紫褐色。尾羽中央千根為捲羽，呈黑色。嘴黃綠色。雌鴨全身黃褐，有黑褐色斑及細小過眼帶。尾無捲尾。嘴黃褐色。牠們是冬候鳥中數目較少，但是當中最美麗的水鳥。

這本書的故事大意是這樣：野鴨鎮的一個居民偶然發現從北方飛來的一群野鴨中，有隻身上插了一支箭，一定是飛行途中被打獵的人射中的。真是奇蹟，箭從胸部穿過居然還能飛到這裏來。鎮上的人展開了拯救這隻中箭的野鴨（名叫小唐）的工作。他們當中有一位槍手「歪脖兒」，是個保護野生動物的人員，他帶著麻針射中了小唐，後來請獸醫們醫好了小唐，然後讓小唐穿上一件紅背心，使牠飛上雲空。這是一則感人的保護野鴨，充滿愛心的故事。

這本書的插畫是由本土最擅長畫細膩又生動的鳥畫優秀畫家何華仁所畫，他在這本書裡，把自己十多年來實際走進森林、海邊、河口速寫、拍攝鳥類生態的體驗，用最細緻的筆觸，寫實的畫風，把書中出現的水鳥畫的好！，請看P4、5水鴨、小水鴨、花嘴鴨、花鳧……的各種鳥的特徵表現的栩栩如生。尤其是在P2、P6、7等畫面採用近焦畫法，把鳥特寫描繪更是清清楚楚，帶給小朋友詳實的動態之美。（鄭明進）

臺灣 (1945～1998) 兒童文學一〇〇

起床啦！皇帝

文：郝廣才

圖：李漢文

出版/定價： 1988,4 信誼基金出版社／200 元

《起床啦！皇帝》是第一屆「信誼幼兒文學獎」的得獎作品，是一本圖畫書。一般的圖畫書多以筆為畫圖主要媒材，但是本書卻是以極優秀的「剪紙」技巧來表現圖畫。雖是以紙剪貼而成，卻表現得生動活潑、不落呆板，並且人物表情生動十足，紙的凹凸折疊表現了極巧妙的空間感和立體感、色彩也運用得十分豐富恰當，看得出圖畫作者在紙藝術上的造詣及用心程度。另外，以剪紙藝術表現圖畫故事書，有一種更貼近孩子的感覺，使孩子閱讀時似乎可以觸摸的立體感，有種親切的感受，引起自己對於剪紙經驗的回憶，或可以從精彩的圖畫中獲得對剪紙美術的興趣。文字在故事之中是居於一種輔助的地位，是說故事者一個傳遞故事內容的聲音表現，以輔圖所不足以說明的部分：文字可以提供孩子一些觀念或知識，例如「皇帝」、「早朝」、「文武百官」等等在古式朝廷之中常用的名詞，藉由文字敘述可以得知；完整的故事敘述也有賴精彩的文字交代，郝廣才先生善於使用押韻、節奏輕快的文字說故事，因此文字讀來頗有韻律感。

天祺是故事的主角，也就是一個早朝時都會愛睏遲到的皇帝。但他的遲到並不是因為他是一個懶散的皇帝，而是因為他還是一個小孩子，不瞭解、不喜愛複雜朝廷事務的關係；而且遲睡晚醒總是小孩子的習性，所以天祺始終無法提起對於早早起床的興趣，以致於太監們總為了皇帝的晚起而吃足苦頭、傷透腦筋。但是故事到了最後，天祺找到了一個喜歡早起的動機，因為他交了一個知心朋友，他們交換了對於自己工作積極的原動力……。

這一個故事不僅給予孩子愉快的聽覺、視覺上的感受，也給予家長一些啟發性的建議：就是重視孩子的興趣、並將樂趣與工作結合，使親子都能在愉快的工作經驗中獲得豐富的收穫。（羅婷以）

● 媽媽‧買綠豆

文：曾陽晴
圖：萬華國
出版／定價：1988,6初版,信誼出版社／120元

這是一本取材於台灣小孩兒日常生活中的很有生活情趣的故事，主要內容是這樣的：阿寶喜歡和媽媽上市場買菜，每次都吵著要買綠豆，有一天媽媽終於帶他到雜貨店買了綠豆，回家煮綠豆湯。他幫忙洗綠豆，浸泡、烹煮、加糖、沖涼，到綠豆湯真是歡樂無比；後來又把綠豆湯放進製冰盒裏，做綠豆冰。阿寶也發現桌上掉落的一顆沒煮的綠豆，他想一想，一顆綠豆，怎麼辦？就把它種在瓶子裏，看它慢慢地，一天、兩天、三天……發芽，長大。這則充滿生活情趣的故事，不但描寫了一個孩子懂得和媽媽一起煮了自己喜歡吃的綠豆湯，也發現了自己在種植一顆綠豆……由埋下豆子，豆子發芽的成長過程，真是一個兼俱文學與科學常識的生活學習好故事。

畫家在配合這麼有生活情趣的文字內容時，她非常用心地用寫實的畫風，加上在畫面的分格上運用了很多大小不同的小畫面與全頁插畫。呈現了很有節奏感，又富幽默的人物動態，表現了一幅幅很活潑的插畫來！

如果仔細地觀察畫家的作品，首先看到 P1、2 的大場面，以誇頁來描繪街角的那一家小雜貨店，讀者會有如同站在店面的臨場感，可用眼看到店裏主要部分賣的一箱黃豆、綠豆、紅豆、花豆……等等，畫的是多麼的細膩。再把現線移到後面的貨架上、罐頭、醬油、米酒、飲料等等，真是排的琳瑯滿目！尤其是從三個人物：媽媽、寶寶和老板的臉部表情及動作，更能實現畫家在這本書中，對於人物真實表情捕捉的非常成功。

我們可以從整本書的插畫表現，看得出畫家的兩個表現特點：

（一）是人物的臉像及動作，充分帶給人，生活的樸實，親切及真實的美感。

（二）是對生活環境的描繪很有真實感，例如商店的一角廚房的擺設、廚具、門前的台階、門檻、鞋櫃等等，都能呈現出台灣一般家庭生活的真實面孔。（鄭明進）

臺灣 (1945～1998) 兒童文學一〇〇

皇后的尾巴

圖・文：陳璐茜

出版／定價：1989,4,信誼基金出版社／140元

在童話的國度裡，恐龍也有國王、皇后和王子，只是皇后的尾巴特別長，長尾巴給皇后惹來不少困擾和麻煩，，雖然想辦法把它藏起來，或請醫生把它切掉，卻都沒成功。皇后頭痛得幾乎不想活了。有一天，不小心一顆紅草莓，掉在皇后綠綠的長尾巴上，讓皇后意外的發現了，她的尾巴竟然有某種特異功能，皇后才又拾回自信，快樂自在的過日子。

好玩的故事，配上充滿遊戲趣味的畫，看起來就更好玩了。譬如：造形奇特的商店、頂著剪刀帽子的裁縫師、宴會中端著點心和飲料的香腸形僕人，還有巫婆那長滿奇怪植物的掃巴和調理台、廚房裡各種造形可愛的「料理」，加上那九十九個草莓派，都是能夠引發趣味想像的圖像訊息。

這些圖像是用針筆，以裝飾性很強的「轉轉線」畫出來，然後浸泡在淡紫、淺綠和薄薄的黃色顏料中，使得整本書泛出薄荷般的清涼。（曹俊彥）

臺灣
(1945~1998)
兒童文學一
○○

國王的長壽麵

文：馬景賢

圖：林傳宗

出版／定價： 1990,10,

光復書局股份有限公司／套書不分售

本來，依照我國的習俗，生日並不吹蠟燭吃蛋糕的，而是紅蛋、吃壽麵，而且吃麵時都用筷子把麵條拉得又高又長，祈求長壽。這個故事就是從這個典故發原出來的。不過，畫家將背景和角色的造形，都畫成西洋式的，也別有一番風味。故事的主角是一位什麼東西都喜歡比別人長，比別人高的國王。戰士的矛、旗子的布條要長，或是城堡要很高。都比較容易作到。最難的是，個子本來就不夠高的國王，要怎麼樣才能變高呢？而皇后的頭髮如果太長的話，可不容易整理呀！

故事的高潮是國王的生日，那得要有多長的長壽麵，才叫做「長」呢？

在畫家和文學作者密切合作之下，這個故事生動、活潑的展現在讀者面前，而且隱藏著許多趣味。尤其是畫家為這本書設計了一部製作長壽麵的製麵機。好像真的可以運轉，作出永遠不斷的麵條，不但滿足了國王的願望。更滿足了讀者的想像。（曹俊彥）

臺灣
(1945～1998)
兒童文學一
○○

 逛街

圖・文：陳志賢

出版／定價： 1990,3,信誼基金出版社／300元

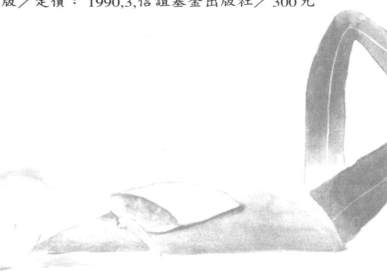

這本書一開始先介紹「我」「爸爸」和「媽媽」，順著幼兒學習認知的順序：從自我漸漸擴及生活周遭的環境。造形很大膽，用色很奇特；爸爸的臉竟然是綠色的，是否有特別含意呢？和別的書不一樣的是它帶著孩子先分類觀察，最後再到整體。逛街先看到的是各式各樣的人：大人、小孩、老版、工人、警察、小偷等等，接著是各式各樣的房子。就像兒童畫一般，每一幢房子都不忘記畫上煙囪。房子外面還加上一些有暗示性的符號。還有街上的常客——車子，都是造形極自由，極有想像力的車子。街上來來往往的還有充滿童話國度的產物，伸出雙手來打招呼。在書的最後，前面提過的東西都溶入大街景裡和小朋友捉迷藏，有些東西在大圖畫裡歸位之後，便有「原來如此」的樂趣產生。

　　近似兒童畫的造形，成熟果斷的色彩，壓克力顏料畫在光面紙上特有的質感，加上線條自由自在的刮痕，塑造出本書獨特的風格。（曹俊彥）

臺灣
(1945～1998)
兒童文學
一
〇
〇

老鼠娶新娘

文：張玲玲

圖：劉宗慧

出版／定價：1992,10,遠流出版公司／250元

《老鼠娶新娘》是一本圖畫故事書。這本圖畫故事書有著特殊的中國傳統色彩以及細膩畫風。內容描述的是中國傳統的習俗。「一月一，年初一。一月二，年初二。年初三，早上床，今夜老鼠娶新娘。」若只是看到這首童謠，相信一定會有不少處在這個一切往「前」看的時代中的兒童甚或是成人，充滿著疑問。只能問問老一輩的阿公、阿媽；或是上網查資料，亦或是在圖書館、書店裡東翻西翻。或許就在這個時候，翻出了這樣的一本書「老鼠娶新娘」！必定有如獲至寶的感動！

　　本書的內容是：老鼠村長有一個很漂亮的女兒，村裡的小伙子都想娶她作新娘，於是村長決定讓女兒拋繡球招親；可是一隻兇狠的黑貓來了，每隻老鼠都落荒而逃；村長很怕女兒受到傷害，於是想找全世界最強的女婿！村長先找太陽，可是太陽會怕被烏雲遮住；烏雲怕被風吹散；風怕被牆擋住；牆怕被老鼠打穿洞！就在正月初三，村長決定把女兒嫁給了老鼠阿郎。這樣的中國習俗在文字作者張玲玲的詮釋之下，淺顯易讀，讓人讀起來絲毫不吃力。其文字甚至有種律動感，小朋友多讀幾次，應該就會朗朗上口！

　　在當今外來品充斥的市場上，能看到這樣一本富有中國傳統色彩的圖畫故事書，真可謂撿到了一塊寶藏！透過畫者劉宗慧細膩的筆觸，我們能看到中國習俗，農業社會時的村莊，婚禮的服裝……。她畫的雖然是「傳統」主題，但沒有落入傳統守舊畫法，還自己加入了一些別具匠心的東西。仔細注意每一個畫面，都能發現一些小小的驚奇。例如：人的村落與老鼠的村落形成了有趣的畫面：有種大、小的對比，形成張力。裡面常常會出現一個小孩子，或是一顆眼睛，好像代表讀者在一旁默默窺視他們！這樣子的幽默感，讓人不禁會心一笑！其實若不看文字只看圖，仍能掌握約百分八十的內容；可見它的圖畫有說故事的效果。（葉虹彣）

臺灣
(1945～1998)
兒童文學一○○

子兒‧吐吐

文／圖：李瑾倫
出版／定價：1993,7 初版,信誼基金出版社／200元

當你拿到《子兒·吐吐》這一本圖畫書的時候，首先會被厚厚的書之封面感到很新奇！因為封面上畫的是一條七彩的小桌巾，上面畫了一個圓形的盤子，咕！盤中間挖了個直徑六·五公分的大洞。裡面畫了 14 粒子兒（是什麼水果的子兒？）再看書名「子兒吐吐」四個字是彩色花紋的趣味美術字，「兒」字底下有一隻胖臉兒的小豬呢！這樣的封面，真是設計的好別緻呀！

當你打開第一個跨頁時，唉喲！胖臉兒被三十多隻可愛的小豬們圍繞著好熱鬧喔！故事就從這兒展開序幕囉！

這本書描述的是，主角「胖臉兒」吃了木瓜，沒有吐子兒之後，引發一連串幻想：自己擁有走路的樹、頭上長了一棵木瓜樹、有朋友來乘涼、種木瓜……，趣味無窮！充滿了想像與幽默感。

尤其在插畫風格方面，更是活用了明快的水彩和彩色鉛筆，表現出溫暖色調、柔如筆觸，給人童趣十足的美感。如果注意到畫者對版面的設計，她在畫面與文字的排列，字的大小變化有她獨特的設計效果！

例如：「胖臉兒」「胖臉兒」「胖……」「吃子兒了」「吃子兒了」「吃……」。

這樣變化大小的排列，不但增加了語意，也使得小朋友更走進了故事的趣味情境裡面。

的確這是一本圖文並茂，創意與美感特色俱佳的，可稱得上是具有國際水準的好圖畫書。（鄭明進）

 黑白村莊

圖・文：劉伯樂

出版／定價： 1994,3,信誼基金出版社／220元

作者將小時候看過不同村落的印象，加以誇張、對比、寫成一個充滿泥土氣息，又極富啓發性，寓意頗深的故事，呈現過度的執著與偏見的可笑。書中不只出現的地名黑白分明，就連點心也是黑黑的豬血糕對上白白的爆米香。黑黑的芝麻糊對上白白的麻薯。拜的神也是「白衣」對「黑面」。

雖然是刻意的作了黑對白的安排。這些地名物名、神名、卻都還能呈現出大家耳熟能詳，極為親切的、充滿台灣味的名字。

作者在圖文巧妙的搭配演出中，更點出極有說服力的矛盾點，讓讀者會心的一笑，就是：其實黑村的人還是保有白牙，吃著白米飯。白村的人也都頂著黑髮，燒著黑色的木炭。

最後，兩個村莊能不能和平相處呢？讓我們一邊欣賞作者細線描繪的村民百態，加上大片大片的粉彩，所形成的，活潑而個性突出的圖畫，一邊看看作者給故事一個什麼樣的結局吧！（曹俊彥）

 兒子的大玩偶

文：黃春明

圖：楊翠玉

出版／定價：1995，11，

台灣麥克股份有限公司／套書，不分售

繪本（或稱圖畫故事書）近年來在台灣出版界成為一塊新開發的處女地，其蓬勃的發展潮流，可謂是近年來兒童文學界相當重要的趨勢。

《兒子的大玩偶》一書是由格林文化事業公司所策畫出版的「大師名作繪本」系列作品中的一部。此一系列繪本作品的特色是：所有的作品都是取材於國際文學作家的短篇作品，透過如林良、林海音等國內名作家加以改寫文本，再聘請國際知名插畫家為這些作品繪製插圖，製作工程可謂相當浩大。《兒子的大玩偶》這部作品的難得之處，除了文本作者是台灣當代重要小說家、民國六十年代鄉土文學的巨擘—黃春明先生外，這本繪本作品的插畫家也是國內新生代插畫創作者——楊翠玉。

黃春明是台灣當代重要的鄉土文學作家的代表，他一系列以台灣面臨經濟起飛、新舊年代交替衝擊為主題的鄉土文學作品：如《看海的日子》、《青番公的故事》等，曾對台灣文壇造成重大影響，也樹立了他明確的作品風格。

《兒子的大玩偶》一書中，以做廣告的「三明治人」——坤樹為主角，面對生活的艱辛，揹著戲院的廣告看板，以小丑造型穿梭在小鎮的大街小巷中。生活是艱苦的，但坤樹又何嘗不想擺脫這種受人嘲笑的工作呢？但兒子阿龍卻著迷於坤樹的小丑打扮，而老婆也說他是「兒子的大玩偶」。一天，他的工作有了新的轉機，不再需要揹著廣告看板、以小丑造型遊走街頭，生活突然有了新希望；但是坤樹卻發現兒子阿龍卻不認得卸下臉上小丑油彩的自己。為了要讓阿龍認識自己，於是坤樹只好再一次為「兒子的大玩偶」上妝。

這樣情緒轉變複雜、情感內斂深沈的故事，透過繪本的圖像來呈現是一件相當不容易的事。然而《兒子的大玩偶》一書的插畫家—楊翠玉，卻用她細膩的彩筆，不但忠實地呈現出故事中當時的台灣小鎮風情，更細緻地刻畫出坤樹沈重的情緒變化。當你看到書本最末一頁的插圖中，阿龍盯著上妝的坤樹，而鏡中反射出坤樹眼角滴落的那滴油彩時，那是坤樹為孩子上的妝，但不也是坤樹心頭滴落的淚。配合著黃春明的文字：「我要阿龍，認出我……」，怎能不令人動容？

一部經典的文學作品、一幅幅賦予文字強烈生命力的插圖。圖與文之間的結合，成就了《兒子的大玩偶》圖文卓越的表現。（馮建國）

臺灣 (1945～1998) 兒童文學 二〇八

我變成一隻噴火龍了

文：賴馬

圖：賴馬

出版/定價：1996, 3,國語日報出版社 /250 元

《**我**變成一隻噴火龍了》是一本談論「生氣」的圖畫書。古怪國的阿古力很愛生氣，有一天被蚊子波泰咬了一口，於是阿古力就被傳染了「噴火病」，接下來便惡夢連連，只要他一張口，嘴裡便噴出永無止息的火焰，不但燒了自己的房間、食物、玩具，連鄰居、朋友、樹木都遭殃，大家都避之唯恐不及。他跳到水裡、埋進沙裡、使用滅火器、用力吹熄....都沒辦法讓火熄滅，於是他嚎啕大哭，結果竟意外地將火熄滅了……。作者很巧妙的運用「噴火龍」來形容生氣。當人在生氣的時候，身邊的人最倒楣了，房間裡的擺設、玩具、家人、朋友……都可能成為出氣筒，不管你使用什麼外力都沒辦法平息下來，只有靠自己將怒氣宣洩出來才有用。就像蚊子波泰所說的：「又哭又笑，大火熄掉。」這很像孩子生氣的情形，剛開始總是波濤洶湧，可能大吵大鬧，使周遭的人不得安寧，但在大哭一場之後，整個人便舒暢了起來，一切煙消雲散，又可以開懷大笑了。

賴馬的畫，帶有一種「笨拙的可愛」，人物、角色並不甜美、精緻，甚至給人醜陋的感覺，卻很接近「兒童繪畫」那種樸拙的感覺，想必會帶給兒童一種親切感。作者使用了很鮮明的色彩——綠色和紅色——來描繪「阿古力」，大部分的背景則以灰色、白色為主，讓主角可以很容易的被突顯出來，讀者也會很自然的跟隨主角的腳步。此外，作者在阿古力噴出大火時，使用摺頁，很適切的傳達了誇大的效果。而在文末說「波泰又去尋找下一個目標」，則預告了另一個故事的開始……。

賴馬以其幽默富創意的呈現方式贏得了國語日報第一屆牧笛獎評審們的青睞，獲得了該屆「圖畫故事類」的優選。這本書不但適合低幼兒童閱讀，更是親子共賞的好作品。（許郁芳）

臺灣 (1945～1998) 兒童文學 一〇〇

 # 祝你生日快樂

文：方素珍
圖：仉桂芳
出版/定價：1996,3,國語日報社/220元

　　＿＿年只有一次「生日快樂」嗎？只要你願意，「心情」可以天天過生日……。《祝你生日快樂》是一本令人感動的書，講的是一個小男孩小丁子和小姊姊的故事。有一天黃昏，小丁子騎著腳踏車到大樹下玩，看到一個戴帽子的小孩，小孩的帽子被風吹走。小丁子幫忙把帽子追回來，因此認識患有癌症的小姊姊。小姊姊教小丁子數花瓣，小丁子問小姊姊怕不怕死，小姊姊說：「我媽媽說，小朋友死了，都會變成小天使，到時候，我的頭髮就會長出來了。」小姊姊給小丁子講故事、陪小丁子玩，可是有一天小姊姊拿了一個「開心鎖」，小丁子幫忙掛到樹上，等著一個禮拜後，小姊姊的生日，大家一起來打開這個「開心鎖」。可是小姊姊生日那天，小姊姊並沒有回來，小丁子為小姊姊許了一個願，並祝小姊姊生日快樂。頁末出現了一朵小花，邀小朋友一起來為小姊姊數花瓣。這是最驚奇的一幕。

　　這本書是國語日報兒童文學牧笛獎得獎的作品。由方素珍小姐為文，仉桂芳小姐繪圖，圖文由不同作者配合。在一個溫馨柔和的圖畫故事中，訴說著一個嚴肅的主題「死亡」。我們如何將「死亡」這個議題，介紹給我們的小孩認識，用什麼樣的態度去面對人世間一些既定的事實，這本書做了最好的詮釋。藉著小丁子與小姊姊溫馨的故事，感人的情節中，小朋友可以隨著小丁子一同成長，為小姊姊一起來祈禱來數花瓣。故事沒有結局，小姊姊會不會回來，留給大家去想像，去希望。在圖畫的風格上，整本書呈現了一種溫暖的感覺，人物造型的樸拙可愛，和圖面細膩的安排，都可以讓小朋友在溫馨和諧的氣氛下，融入閱讀的情境。

　　故事中的故事，有關烏龜撒種的故事，轉化自 Barbara Cooney《Miss Rumphius》(花婆婆)，讓整本書的意涵及深度又更豐富了。友誼、死亡、生態、親情…等多面向，都是這本圖畫故事書，可以提供我們思考的一個命題。誰都希望小孩平平安安長大，快快樂樂過完每一個生日，但是生日其實是母親的受難日，感念這樣的心情過每一天，「生日」也可以天天過。因為有些人的一天即是一年般的珍貴。

　　這是一本讓孩子感動及成長的圖畫故事書。(藍涵馨)

 咱去看山

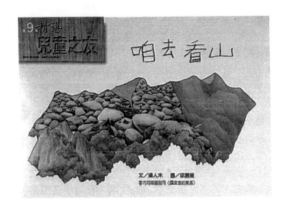

文：潘人木
圖：徐麗媛
出版／定價：　1998,11,
台灣英文雜誌社／150元

這是一本道道地地以台灣中部苗栗的三義——火炎山為背景，描寫一個三年級的小女孩隨著父親回到故鄉——苗栗的小鎮，由父親帶小女孩騎自行車去看——火炎山的所見所聞及心中感受的紀錄也是故事。因為火炎山是在一九八六年六月，被行政院農委會公告為自然保留區，在它獨特的地形，所以使這本書不但具有鄉土意義，也深具環保意識的教育意義！

作者潘人木先對景致的描寫的很細膩生動的表現，在父女倆兒親切溫馨的對話中，能充分地把當地的相關地形，動植物的實際情境娓娓道來。

例如書中這樣一段的描述：「我看見崩落半邊的山壁，露出裡面的礫石，像是切過的水果蛋糕，露出裡面的葡萄乾和水果粒。」

「在一大片卵石和礫石間躺著好些根枯木，每根都像一艘古代的沉船。」透過這樣生動的描寫，更讓讀者，打從視覺、觸覺、聽覺感受到自然情境的美妙。

畫這一本插畫的畫家是一位新秀。徐小姐用敏銳的眼光，把火炎山附近的一草一木，以及在花叢中飛舞、爬、跳的蟲兒等等，用膠彩一一的畫得細膩，畫得自然又生動，色彩更是鮮麗無比！尤其從她所畫的樹林，可以感覺到不同的綠色層次光下的台灣美麗景色。再看她畫的雲空色彩、芒草、石頭及各種小動物等等，都柔美而清新，連石頭縫也不放過，甚至小小昆蟲上的小小細毛，也都細膩的畫了出來。

特別是 P16、17 的跨頁，最能表現出膠彩畫的特質來。此外，在情境的表現上，例如在 P14，把小女孩玩水打散山影的畫面，及最後一個跨頁（P26、27）——「好像神仙住的地方」，那重層的山巒，雲霧縹緲在半山腰的氣氛等，都表現得自然又清新，讓我們看到了新起的年輕畫家，繪畫的功力與好耐力表現真是難得呀！（鄭明進）

臺灣
(1945～1998)
兒童文學一〇〇

附錄一：

《本次活動評選會成員》

1.諮詢委員：林　良、林鍾隆、馬景賢、
　　　　　　　趙天儀、潘人木、鄭明進。

2.評選委員：

兒童故事：馮季眉、許建崑

童　　話：周惠玲

小　　說：張子樟、洪文珍

寓　　言：蔡尚志、蔣竹君

民間故事：張清榮、傅林統

兒　　歌：洪志明、陳正治

童　　詩：林武憲、林煥彰

兒童戲劇：曾西霸、徐守濤

兒童散文：馮輝岳、桂文亞

圖畫故事：曹俊彥、郝廣才

附錄二：

臺灣 (1945 ～ 1998) 兒童文學 100 書目

兒童故事書目 8 本

書　名	作　者	出　版　社	出版年月
七百字故事(第一集)	林良主編	國語日報	1957.09
吳姊姊講歷史故事(第一集)	吳涵碧	中華日報社	1978.12
中國童話（一至十二）	奚淞等	漢聲雜誌社	1982.02～12
林海音童話集‧故事篇	林海音	純文學出版社	1987.06
頑皮故事集	侯文詠	九歌出版社	1990.02
我有絕招	可白	小兵出版社	1992.10
新生鮮事多	王淑芬	小兵出版社	1993.07
石縫裡的信	蔡宜容	小兵出版社	1997.06

童話書目 15 本

書　名	作　者	出　版　社	出版年月
五彩筆	楊思諶	中華日報社	1966.03五版
小鴨鴨回家	林良	台灣省教育廳	1966.05
醜小鴨看家	林鍾隆	自印本	1966.08
無花城的春天	張水金	漢京文化公司	1979.12
小番鴨佳佳	嚴友梅	大作出版社	1980.01
童話列車（一至十五）	黃振輝等	錦標出版社	1982.10 ～1983.06
齒痕的秘密	朱秀芳	書評書目出版社	1984.09
❤的故事	孫晴峰	民生報社	1988.12
口水龍	管家琪	民生報社	1991.07
水柳村的抱抱樹	李潼	天衛文化公司	1993.10
十四個窗口	林世仁	民生報社	1995.09
妖怪森林	劉思源	民生報社	1995.09
怪怪書怪怪讀①	張嘉驊	文經社	1997.04
西元2903年的一次飛行	卜京	民生報社	1998.03
一隻豬在網路上	方素珍	國語日報	1998.04

小說書目 **13** 本

書　名	作　者	出　版　社	出版年月
魯冰花	鍾正（鍾肇政）	明志出版社	1962.06
阿輝的心	林鍾隆	小學生雜誌社	1965.12
小冬流浪記	謝冰瑩	國語日報	1966.05
奇異的航行	黃海	書評書目出版社	1984.09
再見天人菊	李潼	書評書目出版社	1987.11
老三甲的故事	嶺月	文經社	1991.12
少年噶瑪蘭	李潼	天衛文化公司	1992.05
小婉心	管家琪	天衛文化公司	1992.06
小英雄與老郵差	馬景賢	天衛文化公司	1993.04
落鼻祖師	余遠炫	天衛文化公司	1994.05
野孩子	大頭春（張大春）	聯合文學出版社	1996.09
我是白癡	王淑芬	民生報社	1997.05
我的爸爸是流氓	張友漁	小兵出版社	1998.10

寓言書目 **4** 本

書　名	作　者	出　版　社	出版年月
兒童寓言版畫集	魏廉、魏訥	世界書局	1952.10
現代寓言	林鍾隆編著	兒童圖書出版社	1975.06
中國寓言故事	向陽	九歌出版社	1986.02
一分鐘寓言	洪志明	小魯文化公司	1998.05

民間故事（神話／傳說）書目 **5** 本

書　名	作　者	出　版　社	出版年月
鴨母王	王詩琅著	德馨室出版社	1979.06
有趣的地名故事（一）	羅欽城	臺灣文教出版社	1985.01
台灣民間故事	陳千武	台灣省兒童文學協會	1991.06
矮靈傳說	心岱	時報文化公司	1995.01
排灣族神話故事	陳枝烈	屏東縣立文化中心	1997.06

兒歌書目 **11** 本

書　名	作　者	出　版　社	出版年月
大白貓	王玉川	作者自印	1964.12
顛倒歌	華霞菱	台灣省教育廳	1970.05
小動物兒歌集	林良	將軍出版公司	1975.10
大家來唱ㄅㄆㄇ	謝武彰	親親出版公司	1981.08
小胖小	潘人木	信誼基金出版社	1985.01
鵝追鵝	林武憲	台灣省教育廳	1990.04
紅龜粿	王金選	信誼基金出版社	1991.06
逗趣兒歌我會唸	馮輝岳	台灣省教育廳	1996.04
林良的看圖說話	林良	國語日報	1997.07
星星樹	洪志明	國語日報	1997.12
老手杖直溜溜	潘人木	台灣麥克公司	1998.02

兒童詩書目 **11** 本

書　名	作　者	出　版　社	出版年月
童話城	王蓉子	台灣省教育廳	1967.04
兒童詩集	黃基博.謝武彰	洪建全教育文化基金會	1975.04
妹妹的紅雨鞋	林煥彰	純文學出版社	1976.12
水果們的晚會	楊喚	成文出版社	1976.12
太陽、蝴蝶、花	詹冰	書評書目出版社	1981.09
娃娃的眼睛	方素珍	洪建全教育文化基金會	1984.09
心中的信	陳木城	台灣省教育廳	1986.04
螢火蟲	羅青	台灣省教育廳	1987.04
我愛青蛙呱呱呱	林煥彰	小兵出版社	1993.10
林良的詩	林良	國語日報	1993.10
我要給風加上顏色	林鍾隆	桃園縣立文化中心	1997.05

兒童戲劇書目 **7** 本

書　名	作　者	出　版　社	出版年月
一顆紅寶石 （兒童廣播劇第一集）	林良、 徐曾淵編	小學生雜誌社	1962.10
誰偷吃了月亮	張筱瑩編劇	自印本	1977.06
水晶宮（兒童歌舞劇）	陳玉珠	台灣省教育廳	1980.10
青少年兒童劇本 （台北市教育局73學年度甄選 青少年兒童劇本得獎作品專輯）	台北市教育	台北市教育局	1984
哪吒鬧海	李永豐	周凱劇場基金會	1993.03
臺灣省優良兒童舞臺劇本 徵選集.82學年度	黃基博、 李春霞	高雄縣立文化中心	1994.06
親愛的野狼	曾西霸	台灣省教育廳	1997.10

兒童散文書目 **11** 本

書　名	作　者	出　版　社	出版年月
方向(第一集)	魏廉.魏訥	國語日報	1956.09
爸爸的十六封信	林良	台灣省教育廳	1971.04
琦君說童年	琦君	純文學出版社	1981.08
楊小妹在加拿大	卜貴美	九歌出版社	1983.06
天霸王	謝武彰	民生報社	1994.01
美麗眼睛看世界	桂文亞	民生報社	1995.12
阿公的八角風箏	馮輝岳	民生報社	1996.04
林良的散文	林良	國語日報	1996.06
蔚藍太平洋日記	李潼	民生報社	1997.10
童年懺悔錄	王淑芬	民生報社	1998.08
屋簷上的秘密	林芳萍	民生報社	1998.11

圖畫故事書目 **17** 本

書　名	繪者	著者	出 版 社	出版年月
我要大公雞	趙國宗	林良	台灣省教育廳	1965.09.
小紙船看海	鄭明進	林良	將軍出版公司	1975.10
聚寶盆	曹俊彥	李南衡	信誼基金出版社	1981.09
女兒泉	洪義男	洪義男	皇冠出版公司	1985.04
穿紅背心的野鴨	何華仁	夏婉雲	國語日報	1988.06
起床啦，皇帝！	李漢文	郝廣才	信誼基金出版社	1988.04
媽媽，買綠豆	萬華國	曾陽晴	信誼基金出版社	1988.06
皇后的尾巴	陳璐茜	陳璐茜	信誼基金出版社	1989.04
國王的長壽麵	林傳宗	馬景賢	光復書局	1990.11
逛街	陳志賢	陳志賢	信誼基金出版社	1990.03
老鼠娶新娘	劉宗慧	張玲玲	遠流出版公司	1992.10
子兒・吐吐	李瑾倫	李瑾倫	信誼基金出版社	1993.07
黑白村莊	劉伯樂	劉伯樂	信誼基金出版社	1994.03
兒子的大玩偶	楊翠玉	黃春明	格林文化出版社	1995.11
我變成一隻噴火龍了！	賴馬	賴馬	國語日報	1996.03
祝你生日快樂	仉桂芳	方素珍	國語日報	1996.03
咱去看山	徐麗媛	潘人木	台灣英文雜誌社	1998.11

國家圖書館出版品預行編目（CIP）資料

林文寶兒童文學著作集. 第四輯, 其他編 / 林文寶作.
-- 初版. -- 臺北市：萬卷樓圖書股份有限公司,
2023.09
　　冊；　公分. --（林文寶兒童文學著作集；
1605004）
ISBN 978-986-478-983-2(第 6 冊：精裝). --
ISBN 978-986-478-989-4(全套：精裝)

1.CST: 兒童文學 2.CST: 文學理論 3.CST: 文學評論
4.CST: 臺灣

　　　　　　863.591　　　　　112015560

林文寶兒童文學著作集　第四輯　其他編　第六冊

台灣（1945-1998）兒童文學100

作　　者　林文寶
主　　編　張晏瑞

出　　版　萬卷樓圖書股份有限公司
發行人　林慶彰
總經理　梁錦興
總編輯　張晏瑞
聯　　絡　電話 02-23216565　　　　傳真 02-23944113
　　　　　網址 www.wanjuan.com.tw
　　　　　郵箱 service@wanjuan.com.tw
地　　址　106 臺北市羅斯福路二段 41 號 6 樓之三
印　　刷　百通科技股份有限公司
初　　版　2023 年 9 月
定　　價　新臺幣 18000 元　全套十一冊精裝　不分售
ISBN　978-986-478-989-4(全套　：精裝)
ISBN　978-986-478-983-2(第 6 冊　：精裝)